suncolor

suncolor

suncolor 三采文化

HBO Asia、IFA Media 著
宋亞樹 文字協力

影劇小說

通靈少女 2

十七歲的領悟

當社長不簡單，當仙姑更是沒有想像中容易！

我是謝雅真，這就是我十七歲難關比山高的日常。

新學期，新成員，不一樣的使命

話劇社

十七歲，新的責任，新的挑戰

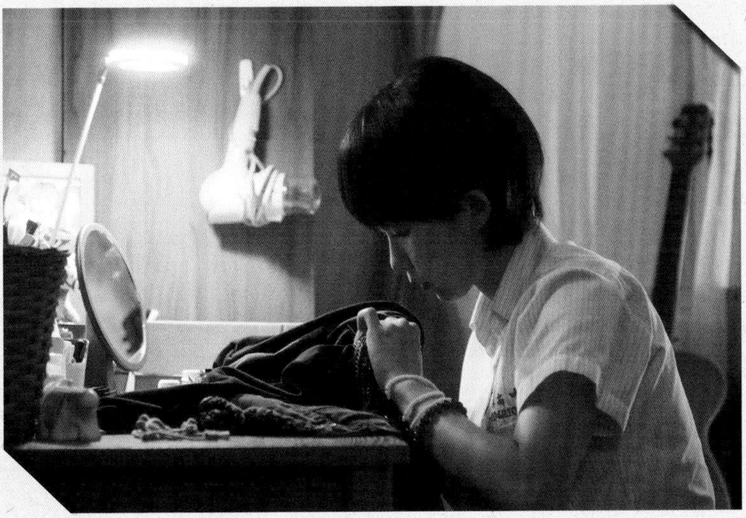

允樂
復興

這一次，我可以勇敢地前進了——

目錄

序幕

紅色、黃色的燈籠一排排高懸在天花板上。

莊嚴的神像威風凜凜地羅列在神龕，龕前大殿香火鼎盛，雪白的爐煙龍飛鳳舞，裊裊飄散。

寫著斗大「天上聖母」四字的匾額被擦得發亮，氣勢雄渾地俯瞰著濟德宮。身著袈裟的師父與誦經師們站在殿上，準備著一年一度的中元普渡法會。

「師姊，辛苦了。師父，辛苦了。今天都靠你們了。」金勝在穿著金色道服，意氣風發地從內殿走出來，一一向師父們致意。

「金老師，上報紙了，讚耶！」信徒拿著報紙興沖沖地跑到金勝在身旁，指著上頭半版的大篇幅報導。

「趙金火高票當選」的標題映入眼簾，配圖是趙金火與金勝在、謝雅真在濟德宮裡拍攝的合照。金勝在看著那篇報導眉開眼笑，笑得合不攏嘴。

「謝謝啦！託福託福，都靠你們牽成啦！」金勝在拍了拍信徒的肩，喜孜孜地走出濟德宮。

廟埕裡，滿滿的供品一字排開，擺了好幾十桌，來來往往的信徒絡繹不絕，人聲鼎沸。今年的中元普渡法會比往年的更熱鬧、更盛大，信徒人數也足足翻了好幾倍。

「金老師，這是我們議員送的，多謝你幫忙。」兩名黑衣圍事扛著個「普濟群生」的裱框字畫走過來，恭恭敬敬地對金勝在連聲道謝。

「沒有啦，議員能當選也是大家的功勞。」金勝在雙手合十，樂呵呵地回禮，笑得更加開懷。

「齁，連 Alice 都送了花籃來，現在還有議員的字畫。」阿修趕緊跑過來從圍事手中接過字畫，放在歌壇小天后 Alice 送的花籃旁，滿意地看著將廟門口擠得滿滿當當的賀禮。

好風光啊！他們濟德宮這下真的出頭天了！阿修不禁挺了挺胸膛，覺得好有面子。

「師兄！」忽然，有幾名穿著同款橘色制服的婦人叫住阿修。

「什麼事？」阿修趕緊跑過去，胸前的紅色護身符晃呀晃的。

「師兄，拍謝啦，請問一下，我們如果想要讓工廠生意更好的話，是不是要在工廠裡再拜一次？」

「一般我們這邊拜就可以了啊。沒關係，如果妳要誠心誠意的話，工廠再拜，簡單拜就好，就這樣。」

「好，多謝師兄，謝謝。」

送走了信徒，阿修興高采烈跑過去找金勝在。

「金老師，你看今年信眾真多，生意一定超棒，我們是不是要……」他雙眼亮晶晶的，用手指比了個鈔票的手勢，和阿宏一起圍著金勝在。

「切，你們不要學這種壞習慣，我知道你們要說什麼。」金勝在搖頭，才不吃他們這套咧。

「小氣！」阿宏低聲咕噥，突然想起了什麼，四處張望。「金老師，仙姑咧？」

對吼，小真咧？金勝在目光跟著搜尋，不過參加法會的人太多了，到處都沒看到謝雅真的身影。

「沒看到人，不然你去找找看。」金勝在向阿宏交代，轉頭又囑咐阿修：「阿修，時間差不多了，整理一下準備開始了。」

「好。」阿修和阿宏同時跑掉。

金勝在雙手負在身後，隨意走了幾步，眼睛一抬，看到一個穿著白衣道服的身影在板凳上打坐，胸前還掛著念珠項鍊，眼睛閉得緊緊的。

夭壽，好好一個仙姑居然坐在這裡睡覺？真不像話。

「欸，小真，妳早上沒睡飽在這裡睡喔？」金勝在過去，手在她眼前揮了揮。

「什麼睡？事情都我在處理，我在管秩序啦。」謝雅真盤腿坐在椅子上，雙手食指與拇指彎曲，在膝上打著漂亮的手結，閉著雙眼回答。

「管蝦米秩序啦？妳管秩序也要起來活動一下啊，不然大家還以為妳躲在這邊打瞌睡咧！」

什麼打瞌睡？只有金老師才會這麼異想天開。

謝雅真睜開眼睛，沒好氣地瞄向金勝在。

「我每次講妳兩句，妳就給我臉色看。」金勝在手插腰，才想好好訓話，不遠處突地傳來一陣騷動。

哐噹！砰！轟！好幾張桌子上的供品被砸落，椅子也被踹倒，看熱鬧的人群自然而然圍成一個圓，圓圈中央傳來陣陣咆哮。

「是我的！都是我的！」一個年幼的男孩發出不屬於孩童的嘶啞嗓音，朝著四周忿忿大吼。他的臉色蒼白，眼白充血上吊，四肢狂揮猛踹，嚇傻了圍觀的眾人。

「怎麼會這樣？」

「快抓住他！」

男童的媽媽試圖抱住兒子，卻屢屢被掙脫，阿修一個箭步衝上前幫忙壓制。

謝雅真從板凳上跳下來，越過重重人牆，走向小男孩。

「仙姑來了、仙姑來了！」廟埕前的信眾立時讓道，為她開出一條路。

她昂首闊步、氣宇軒昂，身上的白色道服輝映著頂上豔陽，令她整個人彷彿散發出一股凜然不可侵犯的金光。

「臭小孩，不用妳管！」一看見她的身影，小男孩躁動得更加厲害，揮舞著雙拳不斷掙扎，神情中隱約帶著一絲害怕。

謝雅真瞇起雙眼，凌厲地瞪視著小男孩。

她深呼吸了一口氣，高舉右手，彷彿將全身力量匯聚在掌心，重重地往小男孩天靈蓋一拍，大喊：「退開！」

小男孩瞬間失去意識，應聲倒下，心急如焚的母親一把將小男孩摟進懷裡，滿臉全是急出的淚水和汗水。

一道趁亂造次的暗影在謝雅真的怒視下悄悄飄散。

「這位媽媽，我們中元普渡是在祭拜好兄弟，這小孩子不知道心裡在想什麼事，氣場比較弱，才會惹到好兄弟來附身，他最近是有怎樣嗎？」金勝在趕忙過來安撫男童母親，同時轉頭向阿修交代：「阿修來，幫忙一下，先把小孩抱進去休息啦。」

「好。」阿修立刻抱起小男孩，小男孩感受到震盪，緩緩睜開眼睛，迷迷糊糊地打開了一道眼縫。

看見孩子醒了，媽媽安心了，但金勝在所說的話卻令她悲從中來，抽抽噎噎地哭了起來。

「我先生是做消防員的，前陣子過世了……小孩還沒習慣，所以，今天他就穿著他爸爸之前送他的衣服，想要給他爸爸看……」

眾人定睛一看，小男孩身上果然穿著成套的消防制服，可無論制服色彩再如何鮮髗，都喚不回已逝的亡魂。

是不是因為小男孩捨不得爸爸，滿懷傷悲，所以才會惹來好兄弟趁虛而入呢？四周同時陷入一陣靜默，每個人臉上都帶著幾分心疼。

謝雅真看著傷心欲絕的婦人，不禁也有些難受。

小男孩的消防帽狼狽地躺在地上，沾滿塵土，就如同小男孩蒙塵的心。

「弟弟，你是不是想要和爸爸一樣？」謝雅真彎身將地上的消防帽撿起，仔仔細細地拭淨。

「嗯。」小男孩臉色仍然有些蒼白，卻十分用力地點著頭。

「那你就要變得很勇敢。」謝雅真將消防帽戴到小男孩頭上，堅定地朝他點頭，為他打氣。「你要很勇敢，要好好照顧自己，也要保護好媽媽，這樣爸爸就會覺得很驕傲，知道嗎？」

「好。」聽見自己能讓爸爸驕傲，小男孩點頭點得更加用力，彷彿下定決心。

謝雅真摸了摸小男孩的頭，發自內心地對小男孩微笑，周遭突然響起如雷掌聲，鬧哄哄地朝著她鼓掌，還有人吆喝著「仙姑好棒」。

這哪招？怎麼這麼尷尬啦？

她才想挖個地洞逃走，金老師彷彿還嫌這樣不夠尷尬似的，又開始老王賣瓜，自賣自誇。

「我們仙姑是帶天命，英雄豪傑自天生。各位信眾，以後如果有什麼問題就可以來濟德宮，聽仙姑來幫我們開示。」

居然連英雄豪傑都扯出來了？好想昏倒……她快步離開，也不知道是衝得太急還是怎樣，今天從一早就被她刻意忽視的不適卻以腹部為圓心，漸漸擴散至四肢，令她感受到一股強烈的暈眩。

天旋地轉，眼前好似一片白茫茫，什麼也看不清楚……

不是吧？難道她真的要昏倒了？

她急忙伸手想抓住些什麼，卻什麼也抓不住。

砰！她摀著肚子，整個人無法控制地倒下，猶如斷線傀儡般，瞬間被抽乾了所有力氣與意識。

「仙姑？」

「仙姑、仙姑！妳怎麼了？」

「叫救護車，快點！」

濟德宮陷入一陣前所未有的慌亂。

咿嗚——咿嗚——

救護車尖銳的鳴笛聲響，將躺在擔架上的女孩搖搖晃晃地顛簸至醫院急診處。

「小真、小真！」金勝在急急忙忙地跟在擔架後頭，慌張地填好掛號資料，萬般焦急地看著謝雅真被推進急診室裡。

「護士小姐，她是怎樣？」好不容易等到謝雅真做完檢查，金勝在跑到病床旁，急切地問護理師。

「她應該是熱衰竭，補充一下電解質就沒事了。」

「小真、小真……有沒有事？」他還是不放心，一聲聲喚著病床上的謝雅真。

「肚子很痛……」她矇矓地睜開雙眼，臉色和唇色都白得不像話。

「她說她肚子很痛。」金勝在趕忙喊來護理師。

「妳是上腹部痛還是下腹部痛？不然我再請醫生過來看。」護理師低頭詢問。

「不用，我……我是那個來啦。」她虛弱地摀著肚子，若有似無地瞥了金勝在一眼，總覺得有點難為情。

其實通靈會影響她的生理期，導致不規律且更不舒服，很傷身體，但因為這是中元普渡，她不敢放鬆，自然也沒辦法休息了。

啊？金勝在愣住，護理師會心一笑。

「不然請你暫時迴避一下，我幫她看看。」護理師貼心地拉上隔簾，將金勝在阻隔在外面。

「宇軒、宇軒！」同時間，急診室裡又推入一床病人，病人的家屬尾隨推床，發出撕心裂肺的吶喊。

謝雅真渾身無力地躺在病床上，十分無奈地聽著急診室裡，那些關於生離死別的悲愴聲響。

唉，人生總有無法言傳的痛，像是生理痛，加上一年一度的濟德宮年中慶。

她是謝雅真，今年十七歲，是個仙姑。

這就是她的日常。

01 新生

亮澄澄的日光從窗邊灑入，映照出滿室輝煌。

懸掛在窗邊的風鈴迎風搖曳，烤箱裡的吐司叮的一聲跳起，揭開了美好的早晨。

「喂，小真，新家的東西弄好沒？」母親的聲音隔著話筒，從海的另一端傳來。

「早就弄好了，每次搬重的妳都先落跑。」換好制服的謝雅真耳邊夾著電話，走到浴室裡洗漱，咕嚕咕嚕地抗議。

「不好意思啦，媽這次假比較少，下次回去就可以待久一點囉。」

「妳在那邊還好嗎？」她洗好臉，擦了擦手，走回房間，將桌上的筆記與文具掃進書包裡。

「都一樣啊，幫人家坐月子、帶小孩……雖然很累，不過我看到新房子這麼漂亮，值得了。」母親的聲音聽來十分滿足，讓她也感染了幾分愉悅。

「那就好，我今天有社團活動，要先出門了。我去牽車，Bye Bye。」她向遠在加拿大的母親道別，掛上電話，將剛烤好的吐司塞進嘴裡，跨上自行車。

踩動踏板，一路往學校前進，早晨的微風輕拂過她頰畔，為她帶來了絲絲涼意。真好，今年，她和媽媽有了自己的房子，再也不用被房東催繳房租了。新家距離濟德宮和學校也不算太遠，同一個生活圈，十分方便。

騎著騎著，途中經過充滿回憶的涵洞，她不自禁停下腳步，多望了幾眼。那裡，依稀還能看見她與阿樂的過往情景……

在過去的一年裡，她談了場短暫而深刻的戀愛，經歷生離死別，就像夢一樣。她時常想，自己真的擁有過那些嗎？

如果可以重來，她還會做一樣的選擇嗎？

濟德宮前，一輛銀灰色的頂級房車緩緩駛來。閃耀著銀漆的車門打開，露出一雙嶄新的黑皮鞋。

男人優雅地闔上車門，攏了攏熨燙得一絲不苟的西裝，頭髮梳理得光潔整齊。他臉龐瘦削，雙眼炯炯有神，雖然已有年紀，但體態保養得宜，蓄著山羊鬍的造型雅痞時尚，眉目間隱約和金勝在有幾分相似。

男人佇立在濟德宮前，專注凝望著四周，彷彿正在回想些什麼。

金勝在從內殿走出來，瞥見眼前男子，揉了揉雙眼，不可置信。

「湯圓？」金勝在不甚確定地走到男人身旁。

「阿兄，好久不見。」湯勝元聞聲轉頭，拉開笑容，伸手想與他交握。

「是啦，Long time no see。」金勝在皺起眉頭，忽視湯勝元的示好，任憑他的手尷尬地舉在半空中。

湯勝元是小他十歲的親弟弟，只是兄弟倆一個從父姓、一個從母姓……不過，自從爸爸把濟德宮傳給他，湯圓就負氣離家，至今也已經十年了。

「你身體好嗎？」湯勝元縮回手，臉上依舊掛著笑容。

「我身體好不好關你什麼事？」

「弟弟？金老師，你有弟弟喔？」站在一旁的阿修納悶地看著兩人，卻敏銳地捕捉到關鍵字。

「沒你的事啦！」金勝在趕阿修。

「你好，這是我的名片，請多指教。」湯勝元上前一步，滿面笑容地朝阿修遞出名片，也遞給金勝在一張。「阿兄，這是我的名片。」

金勝在撇過頭，不拿也不看。

「你好、你好……聖宇堂？」阿修接過名片，看著上頭的字，越看眼睛睜得越大。

「這是新型態的宮廟，信仰也要跟著時代進步嘛。」湯勝元略有驕傲地說。

蝦米？他也開宮廟喔？

金勝在一把將阿修手中的名片搶過去，上看下看，左翻右翻。

「這是有影沒影？你開一間廟要跟我打對台喔?!」金勝在忍不住提高音量，瞪著湯勝元。他一反往常的態度將不遠處的阿宏也吸引了過來。

「不是啦，阿兄，就像爸爸說得一樣，正信渡世，幫助眾生。」湯勝元點頭微笑，態度從容又堅定。

「正信渡世？」笑死人了，他敢講，他還不敢聽咧！金勝在忿忿把名片扔回給湯勝元。「好了，不用我請你出去了吧？出去啦！這裡不歡迎你！」

阿宏與阿修看看金老師，又看看湯勝元，不知該如何是好。

「阿兄，抱歉，打擾了。」湯勝元卻是恭敬地向金勝在鞠躬，又向阿宏、阿修行了個禮。「兩位師兄，歡迎你們有空來聖宇堂參拜。」接著大步流星地走出濟德宮。

「阿修，他是誰啊？」

「金老師怎麼這麼生氣？」

金勝在卻沒回話，只是凝望著湯勝元離去的背影，眉頭深鎖。

夏陽正豔，蟬鳴正響。

吉他樂音從復興高中校園裡悠悠傳來，五顏六色的攤位在校園裡駐紮，目不暇給的布旗與文宣迎風飄揚。

「同學，歡迎加入學生會。」學生會熱情地將校刊發給每位新生。

「一個打十個！柔道社是你最好的選擇！」砰！柔道社社員就地表演過肩摔。

「電影研究社！一秒帶你看懂好電影！」Cosplay 成寧采臣和秦王的電影研究社社員大聲吆喝。

復興高中裡人聲鼎沸，熱鬧非凡。

這幾天是新生訓練，也是一年一度的社團博覽會，各社團無不使出渾身解數，想盡辦法招攬學弟妹參加社團。

不過，這種社團招攬活動對於謝雅真來說，卻不一樣。身為話劇社社長，她更要負責招攬新生，但圍繞在她身邊的人卻不是為了要加入話劇社——

「學姊，可以幫我們算一下嗎？」

「學姊，拜託啦！我真的很想念他。」

「等一下，我先問！」

「仙姑，我想問我什麼時候能變瘦？」

謝雅真才走進校門便被人團團圍住，盛況空前，堪比百貨公司年中慶。眾人圍繞著她，你一句我一句，吵得不得了，她腦子嗡嗡嗡的，連一個問題都沒辦法消化。

「同學，不好意思啦，你們問的問題，我現在沒辦法回答。如果你們真的想問事的話，可以去濟德宮啦。」她帶著歉意回應。

在濟德宮裡至少還有阿宏、阿修幫忙管秩序，在學校裡只有自己一個人，怎麼應付得來？

「喔……」同學們失望地看著她。

「真的不好意思啦。」她委婉地拒絕同學，拔腿就跑。

天公伯啊，話劇社攤位怎麼離校門口這麼遠?!她三步併作兩步，落荒而逃，急匆匆間和一個手裡拿著校刊、戴著厚重眼鏡的辮子女孩擦身而過。

女孩停下腳步，疑惑地望著面前那群失望的同學，再轉頭瞥了謝雅真一眼。

她翻至校刊中的某一篇報導，推了推鼻梁上的眼鏡。

「我們會不會倒社啊？」話劇社攤位前門可羅雀，小龜擔憂地問。

天知道，胖達喀嗞喀嗞吃著零食，沒有回話。

「不會啦，你看這期校刊——〈通靈少女謝雅真〉！有這個當噱頭，招生一定沒問題！」鳥哥指著校刊上的謝雅真專訪，胸有成竹。

小龜和胖達同時湊過來看報導，剛抬頭，恰好看到氣喘吁吁的謝雅真跑過來。

「說人人到。小真，妳看，妳在校刊上笑得超級尷尬的。」小龜拿著校刊調侃。

沒辦法，她就很不會面對鏡頭啊！謝雅真抓了抓頭，完美重現校刊上的尷尬。

「學長不好意思，你們都要考大學了，還麻煩你們回來幫忙社團。」謝雅真朝他們笑了笑，說得內疚。

號稱話劇三宅的鳥哥、小龜、胖達，這三位學長都已經高三了，實在不應該再麻煩他們了。

「不會啦！三八喔！學測那麼簡單！」

「妳暑假有沒有和巧薇聯絡？她在越南好不好？」鳥哥問。

「有啊，她都有打電話給我，還不錯啦！」

上學期，巧薇因為台商父親工作的關係，舉家搬到越南去了。少了活潑的巧薇，大家確實很想念。

鳥哥點頭，原本還想再說些什麼，話劇社指導老師朱老師恰好過來探班，在攤位上放了滿滿一箱飲料。「大家辛苦了！來來來，老師請大家喝飲料！」

「謝謝老師！」三宅立刻動手選飲料。

「小真，妳今年是社長，妳知道這個社團招生人數有最低門檻，社團是大家的，大家都要努力喔！」

「好。」

「今年少了念文、巧薇、阿樂，只剩下你們幾個了，所以大家要團結一致。」朱老師一邊說，一邊扳手指數著，全然沒注意到謝雅真驀地黯淡下來的神情，與三宅快要朝他眨壞的眼睛。

「學務處報告，請各社團派一名同學到學務處領取資料。」幸好廣播適時傳來了布達事項。

謝雅真打起笑容。「老師，那我去學務處。」

雖然笑著，但那個笑容似乎有點勉強。她一走，三宅就在她身後炸鍋了。

「朱老師，你幹麼又提阿樂？」

「朱老師，你真的很不會看臉色欸！」

「朱老師，你幹麼又買紅茶啦？而且還是最便宜的那家！」

「哈囉，我要找謝雅真。」

倏地，一聲清脆開朗的女音中斷了他們的抱怨。

三人同時抬頭，一張爽朗俏麗，有著小麥色肌膚的女生容顏映入眼簾。

好可愛！學校裡有這麼可愛的女生嗎？

鳥哥眼睛一亮，撥了撥瀏海，對她燦然而笑。「她剛剛去學務處了。」

「謝謝。」女生轉身朝學務處跑去，鳥哥從攤位探出身體，依依不捨地看著她跑遠的身影。

社團招生……

從學務處領取完資料，謝雅真悵然地望著牛皮紙袋上的字。

假如，阿樂還在的話，一定會想到很多招生的好主意吧？

「小真！」一個男孩倏地從樓梯上急奔下來，喊住她。「給我幾分鐘，我有事情想跟妳說。」

誰啊？

她停下腳步，仔細端詳眼前的男生。

他長得高，身形卻相對有些單薄；濃眉豐唇，五官輪廓很立體，很容易讓人一眼記住，應該是挺受女生歡迎的長相，不過，眼下卻浮現著淡淡的暗影，好像身體有點虛弱的樣子。

明明不認識，這人怎麼喊她小真？幹麼裝熟？

「要問事去宮廟問。」大概和剛剛纏住自己的同學一樣，都是看了校刊上報導想來問事的吧？

「欸——」男孩張開口，才想說話，前方卻有個女孩興高采烈地衝過來。

「謝雅真！」那個方才在話劇社攤位前的女孩跑到謝雅真面前，興奮得又叫又跳。

「大珮？妳怎麼來了?!」

大珮和她、巧薇是從小一起長大的好朋友，當時三人總是形影不離，直到前年，大珮隨著家人到美國去之後，才暫時中止了這樣的生活。

不過，大珮不在台灣的這段日子，依然和她們保持密切聯繫，這份情誼並沒有被距離與時光沖淡。

說來也巧，這學期巧薇跑去越南了，而大珮從美國回來了。

「我怕妳開學前太想我啊！怎麼樣？有沒有想我？」大珮親暱地勾住她的肩膀。

她頻頻點頭，滿臉笑容。「有啦。」

「太好了，又可以同班同校了！」大珮攬著她往前走，悄悄指著被她們拋在身後的男孩。「剛剛那個男生是誰啊？」

「哪知？好像想要問事吧？」謝雅真聳了聳肩。

對了……

「巧薇把妳的事情都跟我說了，妳還好吧？」

「還好啦。」謝雅真尷尬地笑了下。

她當然明白大珮的意思，心中一暖，卻有點酸、有點痛，又有點糗。老是讓別人擔心，自己一定要趕緊打起精神來……

首先，就從努力招生開始！

謝雅真領著大珮，有說有笑地回到話劇社攤位。

「社長，妳來得正好，這兩個學弟自願加入。」一回到攤位，鳥哥就興沖沖地說，看見大珮也在，不自禁挺起胸膛，力求表現。

「學長……」兩個學弟面有難色。

「資料我已經幫你們填好了！」小龜搶快。

「不過社長，就算這兩個學弟自願加入，我們好像還是會倒社……」怎麼辦？大家你看看我、我看看你，謝雅真十分苦惱。

「不然我加一啊。」大珮舉起手，自告奮勇。

小龜和胖達疑惑地望著她，鳥哥眼神一亮。

「她是我跟巧薇從國小到國中的同學啦！」

「哪是同學？我們是Best friends！」大珮輕快地說。「大家好，我是蘇珮茹，剛從美國回來，你們叫我大珮就好了。」

「妳幫我填一下。」鳥哥飛快將入社申請書遞給她。

「我們還差多少人？」胖達問。

「人數好像還是有點不夠……」小龜數著手指。

「你們不是話劇社嗎？那演戲招生就好了啊，這麼簡單。」大珮看著大家煩惱的模樣，靈機一動。

「Good idea！這想法很好。我想到了，我們可以重現阿樂經典，演搞笑版的《羅密歐與茱麗葉》！」鳥哥立即接話。

誰剛剛還在吐槽朱老師提起阿樂？小龜立即翻了個大白眼。

他小心翼翼地看著謝雅真。「小真，這 idea 妳可以嗎？」

「可以啊。」她點點頭。

「確定嗎？」胖達十分懷疑。

「嗯。」她點頭點得更加用力。

「那我們下禮拜開始排戲。」

「好。」她點頭再點頭，跟著大家一起笑。

沒事的，一切都會很順利的。

傍晚，華燈初上，濟德宮前的跑馬燈不斷滾動——

「本月大放送！仙姑問事，加開一週三次！」

結束了社團活動的謝雅真站在濟德宮前，吃驚地看著跑馬燈，用力眨了眨雙眼。什麼時候決定的事？怎麼都沒有通知她啦？

「彩色的欸！」

「不錯喔，加開三場捏！」

「這誰key的啊？key得這麼有藝術氣質。」

金勝在與阿宏、阿修圍到她身旁來，滿意地讚嘆。

來這套？先斬後奏，用力裝傻！

她轉頭望向他們，有點好笑，有點生氣，又有點無奈。心情太複雜，她乾脆將書包甩上肩頭，逕自往濟德宮內走。

「小真，Three days，Only！」金勝在自知理虧，討好地追在她後頭。

她垮著張臉坐下，金勝在拉了張椅子坐到她面前，吞了吞口水。

「小真，我跟妳講一個故事，其實……」他說著從皮包裡拿出一張泛黃的舊照片，交到謝雅真手裡。「我有一個會通靈的爸爸，他很出名喔。」

謝雅真接過照片，仔細看了看，問：「啊那你怎麼不會通？」

「不是，我這個爸爸去世的時候，他發現我剛正不阿，是很有發展的潛力股，所以呢，他就把這個宮廟傳給我。」他哪知道自己為何不會通靈？他也很想會啊！金勝在沒理會她的問題，自顧自說故事。

「這個人是誰？」謝雅真指著相片上的另一個人。那個人被金老師的爸爸抱在懷裡，看起來年紀小了金老師不少。

「仙姑，我跟妳說，這就是金老師的弟弟，小他十歲，有沒有帥？」原本和阿宏在一旁翻箱倒櫃，不知在找些什麼的阿修衝過來，興沖沖地說。

「你弟弟？」從來沒聽說過金老師有弟弟！謝雅真聲調揚高了好幾度。

「妳看，還有這個，這就是他的名片，聖宇堂。」阿修把名片塞到她手裡，滑開手機螢幕，點出幾張照片。「他們居然擲到立筊，神明給他們指示捏！妳看，都站著，我沒有唬爛喔。」

「立筊」就是筊杯直挺挺地站立在地面上，由於機率很低，通常會被視為神蹟，就連謝雅真也沒見過幾次，忍不住多看了幾眼。

「你們是有親眼看到喔?!」金勝在嗤之以鼻。

「網路有寫啊！」

簡直好傻好天真！金勝在氣呼呼地抱怨：「小真，我跟妳講，當年我爸爸把這宮廟傳給我之後，我弟弟很嫉妒，人很不爽，就離家出走。他離家出走前說了一句話：『我要讓你輸到脫褲！』十幾年了，現在跑回來開這個廟，就是要跟我搶生意啦！簡單一句話，投機取巧、不擇手段、唯利是圖！」

謝雅真小小聲嘀咕：「那不是跟你同款？」

「對啊，哈哈哈！」仙姑真不愧是仙姑，太有道理了！阿宏、阿修放聲大笑。他在講認真的，他們還在開玩笑？

「還笑？你們兩個，找到我那個信徒名冊了沒有？」金勝在借題發揮，趁機碎念。

「還沒……」阿宏、阿修搖頭。

「一定是被那個湯勝元偷走的！」他忿忿不平。

「金老師，你別亂冤枉人，一般人不會這樣。」阿宏皺起眉頭，覺得金老師根本是牽拖。

「你又知道他是一般人喔？哪有那麼剛好的事，他一來，名冊就不見？我常常教你們，知人知面不知心，等你被他弄到家破人亡就知道！」金勝在彷彿回想起許多關於兄弟小時候的過節，越說越生氣。

「好啦，我們再找找看，說不定再找一下就有了啊。」阿宏、阿修交換了個眼神，認命去找名冊。

阿宏、阿修一走，金勝在繼續對謝雅真曉以大義。

「小真啊，我跟妳講，有沒有良心不一樣，我跟那個湯圓不同款。」他抓住謝雅真的手。

「幹麼啦？」謝雅真嚇得把手抽回來。

「我爸爸把這廟傳給我的時候，說過四字箴言——正、信、渡、世。」金勝在重重強調。

天啊，又來了！

正信渡世，金老師深信不疑的宗旨，濟德宮的最高原則，她怎麼會不知道？現在根本是鬼打牆無限回放。

「我去換道服，要準備問事了。」她把照片還給金勝在，抱著書包逃了。

「欸，小真？小真！」齁，他都還沒講完捏。

真是，都沒一個人能交代……

金勝在看著手裡相片，緩緩撫過父親的容顏，若有所思地喃喃：「阿爸……」

「來來來，先在單子上寫好自己的姓名、八字、地址，按照順序一個個坐好。」阿宏、阿修管著秩序，引導信徒。

很快地，濟德宮的問事時間就開始了。

第一位信徒在謝雅真面前坐下，困擾地將一張紅紙送到她面前。

「仙姑，師父說我孫女最好的名字就是這個，但是叫起來真的不太好聽……仙姑妳有辦法嗎？」

謝雅真看清楚紙上的字，用力捏大腿，以防自己發出不合宜的聲音。

「阿姨，姓名學我是不懂啦，但是我建議妳選個順耳又好聽，喜歡的啦，這樣子有好的意念，人就會好了啦。」她很努力、很平靜地將這段話說完。

「這樣喔？好，我知道了，謝謝仙姑。」信徒雙手合十，虔誠地朝她行禮。

金勝在轉過身去偷笑，雙肩一聳一聳的。

不錯喔，小真這囝仔大漢了，什麼荒謬的場面都能 Hold 住了。

真沒義氣，金老師總說仙姑要有仙姑的樣子，結果自己偷笑……謝雅真沒好氣地瞥向金勝在。

「仙姑，最近那個大樂透七連槓，妳可不可以報一支明牌給我？拜託啦，我最近被朋友倒會，窮到快脫褲。」第二位信徒倉促坐到謝雅真面前，問得很急。

明牌？天啊……謝雅真閉上雙眼，信徒以為她要開牌，趕緊拿出紙筆。

深呼吸——她徐徐睜眼，伸手比了個二。

「2？第一個數字是2？」

「兩光啦！正信宮廟不報明牌的啦！」剛剛才說起正信渡世，現在要她開牌，慢走不送！謝雅真揮手趕他。

「請妳報一支明牌有沒有這麼困難？拜託啦，一支就好了——」信徒猶不死心。

「拍謝，我們仙姑真的沒有在報這個的啦！」阿宏和阿修過來把人請走。

金勝在本想幫忙勸信徒，叮鈴——口袋中的手機驀然響起。

「喂？」他走到一旁接起電話，越聽臉色越難看，聲音也越來越大。「隔壁怎麼樣？蛤？有這種事喔？好，我們馬上過去處理。」

處理什麼？為什麼要馬上過去？

謝雅真疑惑地看著金勝在，感覺好像有什麼大事發生了——

02 召喚

以鐵皮搭建而成的玩具工廠，靜悄悄地矗立在市區不遠處。

金勝在領著謝雅真、阿宏、阿修來到了工廠門口，彎身往半掩的鐵捲門內探看。

這間工廠頗有歷史，曾經風光一時，近年來產業外移，生意逐漸受到影響，如今看來，更是有幾分蕭索。

「有人在嗎？哈囉！」阿宏率先走進工廠內，金勝在和阿修、謝雅真魚貫而入。

或許是為了收納更多商品，工廠雖占地百坪，每條走道卻都規劃得又小又擠，兩旁擺滿了貨架，陳列著琳琅滿目的玩具。

各式各樣的模型、遙控車、傳統古玩、家家酒玩具……還有無數個娃娃睜著巨大的雙眼，直勾勾盯著他們瞧。帶著微笑的僵硬臉龐在晦暗的光線下莫名有幾分詭異，不禁令阿修打了個哆嗦。

天花板的燈管突然閃爍了下，眾人一凜，四處張望。

「有人嗎？」阿宏緊抓著以黃布包裹著的法器，揚聲大喊。那是出門前金老師為了以防萬一，特別吩咐他帶上的。

「奇怪了，明明說是這裡啊……」金勝在抓了抓頭，繼續往前走。

嗡——一輛遙控車驀然衝出來，在他們面前停下。

「咦？」大家同時低頭，引擎聲轟然響起，遙控車疾衝，轉瞬間又沒了蹤影。

「金老師，車子怎麼不見了？」

「金老師，怎麼都沒人？」

「不要吵啦！」

咕嘟——謝雅真的肚子突然發出悶悶聲響。

總覺得，這裡有點不對勁……

她閉上眼睛，迅速在胸前比了個手勢，做出結印。

大家繼續往工廠內走，逐排走道查看。

每條走道都寂靜無聲，屏氣凝神地等待他們接近；蟄伏在暗處的黑影伺機而動，抓緊了時機，一鼓作氣地衝出來。

「抓——到——你——了！」一名穿著橘色制服、身材魁梧的男人臉上帶著不自然的青色，嘴邊掛著令人不寒而慄的笑容，勢如破竹地往這裡跑來。

他與高采烈地喊叫，就連那聲音都不像人類發出的，高頻刺耳。

「嚇！」阿宏與阿修渾身僵硬，一時間連動也不敢動。

謝雅真深深提氣，不退反進，箭步衝上前，單手按住男人天靈蓋，單手掐住男人人中，身形魁梧的男人瞬間傾倒，占據男人身體的暗影奔竄而出。

眾人面面相覷，阿宏、阿修攙扶起男人，再度往前。

一路走到盡處，陣陣嬉鬧喧譁聲穿透耳膜——

數名橘色身影上躥下跳，臉上浮現著詭異的笑，四肢扭曲揮舞，遍地玩具。

「怎麼會這樣？」阿宏驚嚇地問。

謝雅真四處看了看，再度閉上雙眼，靜心感應，很快弄清楚是怎麼回事，逕自來到一個披散著長髮，嘴裡咬著棒棒糖的女人面前。

「小朋友，怎麼這麼不乖，跑到別人的工廠來搗蛋？」她拉開椅子，坐到女人面前，眉目間有股不怒自威的魄力。

「妳是我媽咪嗎？管那麼多！」女人悠悠瞥向她，專心玩著手裡的益智玩具。

「三牲三果拜三天，再加一箱玩具，不能再多了。」

女人一聽，忽然狂暴而起，目眥盡裂，一把掀飛了面前的玩具。「我要玩玩具！妳讓我玩玩具！」

謝雅真奪過阿宏手上的法器，重重往桌上一放，大聲喝斥：「妳要自己退，還是我幫妳退?!」

女人一怔，滿臉驚懼地望著法器，一步步往後退。

她面色不甘地瞪著謝雅真，不消片刻，她眼一翻，被寄宿的身體頹然倒下，其餘員工們也同時都像被抽乾了氣力，紛紛墜跌在地。

無數道黑影倉皇而去，方才的騷動恍如一場夢，風平浪靜。

「仙姑講這樣聽得懂嗎？你們就是中元普渡的時候拜太多，好兄弟都不肯走。這樣，三牲三果拜三天，再加玩具一箱。」員工們悠悠醒轉之後，金勝在耳提面命。

員工們餘悸猶存，臉色仍十分蒼白。

「幹什麼？吵死了！你們誰啊？」玩具工廠老闆從外頭走進來，看見工廠裡有這麼多不認識的人，莫名其妙。

金勝在連忙迎上前。「我們是濟德宮的人啦，是有鄰居打電話給我們說，你們這裡有出——」

「好啦，少給我來這套，我最討厭宮廟的人，這裡沒你們的事啦，走！」

「不是啦！」

「沒事請回，不要在這裡裝神弄鬼！」老闆完全不想聽金勝在解釋。

怎麼這樣？一次處理這麼多被上身的人，她可是很累的，居然還被嫌……

謝雅真不甘心地看向金勝在，滿腹委屈。

「好啦，我們事情也辦完了，不歡迎我們就走。阿宏、阿修來，小真來。」金勝在無奈地打圓場，領著大家出去。

他們前腳才走，老闆便指著員工們破口大罵。

「現在是怎樣？跟你們說我明天要趕貨給別人，叫你們拚一下夜班，你們就不高興喔？整間搞得亂七八糟，幹麼？造反喔？！」

員工們望著暴怒的老闆，有口難言。

「快起來做事啦！還坐在那裡幹麼？」

氤氳熱氣在座無虛席的小店中蒸騰，一碗碗浸潤在豐盈湯汁裡的白嫩雞肉被端至桌面，空氣中瀰漫著令人食指大動的香氣。

「吃個麻油雞，補一下身體，來。」金勝在指著謝雅真面前的湯碗催促。身旁的阿宏、阿修嚥了嚥口水，滿心期待。

「女生來不能吃活血的啦。」謝雅真看著熱湯，一點胃口也沒有。

「喔……」金勝在差點被唬住，恍然。「這樣怎麼對？哪有人來那麼久？普渡到現在？妳給我騙，妳以為我男生不知道這種事情喔？」

「我就不想吃啊。」她拿著湯匙胡亂攪著碗裡的湯。

「吃啦，吃一吃趕快回去休息睡覺。」

「吃。」阿宏、阿修捕捉到關鍵字，大快朵頤。

金勝在又叮嚀。「仙姑要做，身體也要顧。」

「那零用錢怎麼不多給一點？」

「講錢就傷感情了，妳不要去學這種壞習慣。」一定是被阿宏、阿修帶壞的！金勝在遷怒地瞪他們。「你們兩個是怎樣？我叫小真吃，不是叫你們吃。你們自己看一下，互相看一下，吃到變那麼胖！」

哈哈！謝雅真忍不住偷笑。阿宏、阿修很悲情地與她對望。

「小真，妳現在升高二有沒有快樂？」金勝在突然想到。

「快樂啊。」謝雅真一愣。怎麼又繞回她身上？

「那好。你們話劇社有沒有招募新的成員？」金勝在往前挪動了下椅子。

「有啦。」不是吧？又來了？她頓時有種不好的預感。

「有沒有男生喜歡妳？或是妳喜歡哪個男生？」

就知道！自從阿樂離開後，金老師時不時就用這種彆扭的方式關心她，怕她沉浸在低潮中。她都知道，可是……

「Yes or no ？」椅子又往前挪動了一下。

「……」算了，還是喝湯好了。她把臉埋進碗裡。

「好啦，不講這個。認真吃，吃好睡飽，心情就會比較好。」金勝在滿臉笑，自顧自地挾了塊雞肉給她。

唉，她有一搭沒一搭地吃著，卻吃不出嘴裡的滋味。

大家都很希望她趕快好起來，她知道。

她也很希望自己能趕快恢復，過好高中生的日子，可是……到底是這件事太難，還是每個人都想得太容易？

結束了整天的奔波與疲憊，迎著夏夜晚風，她總算回到家。

窗邊的風鈴輕聲作響，彷彿瞧出了她的悶悶不樂，叮鈴鈴地安慰她。

她放鬆了緊繃的身體，抱起床邊的吉他，輕輕撫弄琴弦。

好像，在這樣的小天地裡，在這樣的時刻，她才終於能夠放下強撐的堅強與笑容，面對自己那些不願對別人提起的傷痛。

「阿嬤，今天話劇社招生超不順的，然後他們就說，要重新再演一次羅密歐……真的嗎？」

她抱著吉他，在夜色中喃喃，任憑自己的心事，隨著優優柔柔的旋律流淌而出。朦朧月光淡淡照耀在她身上，晦暗了她大半個身影。

隔日一早，嘹亮的雞鳴聲劃破清晨，玩具工廠內的咆哮響徹雲霄。

「好了啦！少在那邊支支吾吾的啦！你們現在是聯合起來跟我作對就對了？不是要辭職就是要請假……好啊！要請假就讓你請個夠啊！你從明天開始不用來了！」

玩具工廠的老闆對著話筒破口大罵。

「老闆……」一個藏在工廠門口探看許久的女員工戰戰兢兢地走出來。

老闆掛上電話，清了清喉嚨，口吻稍緩。

「一個比一個還懶惰，草莓族，吃不了苦！妳有辦法幫我找好一點的人嗎？」

女員工面有難色，低頭握緊手中的東西。老闆隨著望去，清楚看見信封上「辭呈」兩字。

居然連這個當初開廠時，就跟著他一起打天下的女員工也要離開了……老闆撇過頭，看也不看女員工，面上神情說不出是怒是哀。

「抱歉啦，老闆。但是，我真的沒辦法繼續幫你……」女員工歉疚地將辭呈放到老闆桌上。「其實，我真的很懷念剛來這裡的時候，跟你，還有老闆娘，大家一起開開心心的樣子……」

可是，後來老闆娘過世了，工廠生意越來越不好，老闆的脾氣也越來越大……

「老闆，請你保重，謝謝。」女員工向老闆深深鞠躬，轉頭離去。

直到女員工走後，老闆才將臉抬起來，視線游移到牆上掛著的一幅幅合照。

那是他與妻子、員工，還有客人們的溫馨過往，那時，手裡拿著玩具的每個人都笑得那麼燦爛。

算了，沒有員工，他就自己來。就算工廠生意不好又怎樣？無論如何，他都不會讓工廠倒閉！他起身到倉庫裡清點庫存、理貨。

才盤點沒幾樣，遠遠便看見地上有個大紅色的玩具零件，十分醒目地躺在空蕩蕩的灰色走道上。

奇怪，明明早上進來時，沒看見地上有這個啊！

他彎身撿起，才低頭，背後彷彿有串腳步聲跑過。

誰？

他轉頭——轟咚，一箱玩具從貨架上掉下來，在他身旁灑了一地。

怎麼回事？明明就沒有風啊。

他抬頭探看，身後似乎再度傳來一陣嗚咽聲響；回頭，又是空無一人，可成排的貨架彷彿發出細碎騷動，不由得令他背脊發寒。

不管了，先出去結算貨款好了。

他拿出帳本，敲打計算機，螢幕上卻自顧自地出現一大堆不是他按的數字，一股腦兒地亂閃亂跳……

「連你也跟我作對！」

他忿忿把計算機扔到旁邊，挫敗地將臉埋進掌心。

話劇社社辦內，捲土重來的《羅密歐與茱麗葉》如火如荼地進行著。

「我是蒙太古的代表——羅密歐。」羅密歐拿下面具，試圖帥氣。

「我是卡普雷的代表——茱麗葉。」茱麗葉拿下面具，試圖甜美。

鳥哥看著不倫不類的羅密歐與茱麗葉，簡直眼神死。「學弟，你要我講幾次？阿樂學長不是這樣演的。」

「學弟，要抓住阿樂學長的訣竅，首先要拿出自信，還有，眼神要亮。」小龜也來幫腔。

「學弟，那不然這樣，我們來試一次阿樂學長說話的方式——搞笑，才是真正的浪漫。」胖達補充。

「學長，你們一直說阿樂學長，那他幹麼不自己來演？」學弟們納悶。

本來吵嚷的社辦瞬間靜寂，落針可聞，除了學弟之外的每個人都小心翼翼地朝謝雅真那裡瞥去。

「我去發海報。」她聳聳肩，朝大家笑了笑，拿起一疊剛畫好的海報往外走。

「我也去。」大珮跟著跑出去。

兩人分別站在樓梯兩側，將手中海報發給每位經過的同學。「哈囉，歡迎加入話劇社。同學，來來來，給你一張海報。」

「同學，要不要加入話劇社？很好玩的喔！」謝雅真攔住一個戴著厚重眼鏡的辮子女孩。

辮子女孩停下腳步，看見是她，微微一愣。她認得這個出現在校刊上的通靈少女，新生訓練時，她曾被一大群人簇擁著。

「謝謝。」詹曉彤接過海報，推了推鼻梁上的眼鏡。「可是，我不懂話劇……」

「沒關係，我也不懂啊，歡迎來交朋友嘛。」謝雅真說得真摯。

「謝謝。」沒想到身為風雲人物的她如此親切，詹曉彤受寵若驚，頭垂得更低。

「話劇社歡迎妳喔！」她再接再厲。

詹曉彤不好意思地微笑，快步離去。

「欸欸，要不要？話劇社感覺滿好玩的。」

「上學期死人你還要去？」

「真的假的？死人？這麼誇張？」兩個經過的男同學竊竊私語。

天啊，這些人煩不煩啊？大珮注意到謝雅真驀然黯淡的神情，開朗地跑到她身旁，轉移話題。「欸，小真，剛有人要加入喔？」

「今天先發到這裡好了，大珮，我想去一下廁所，妳先回社辦。」她將沒發完的海報交給大珮。

大珮點點頭，擔憂地望著她的背影。

嘩——洗手檯冰涼的水流一遍遍沖刷過不知該做出什麼表情的臉龐，好不容易令她稍微寧定了下來。

她拍拍臉頰，強迫自己打起精神，走回社辦。

「完蛋了啦！」才走到門口，就聽見鳥哥、胖達和小龜愁眉苦臉，陣陣哀號。

「你們在幹麼？」她疑惑地走過去。

「我們在想要怎麼補這個洞……」鳥哥將羅密歐的戲服拿起來，透過那個比臉更大的洞抱怨。「都是那個小高一動作太大，只會捅婁子，還說我們很怪，想直接退社。」

破了？怎麼會……

她顫顫巍巍地接過戲服，臉色瞬間一白，方才強撐的精神一下就灰飛煙滅。

明明還記得阿樂穿著它的模樣，那麼清晰，那麼帥氣……

「沒關係啦，反正這學期我們也要做新版的羅密歐與茱麗葉，現在剛好，我們去買新的鉚釘和流蘇，做一件更好的。」

「也對，阿樂不會在意這種小事啦。」三宅你一言我一語。

不要……她不要新的，不要再從她身旁奪走任何東西了！

「我拿去補。」她搖頭，將戲服緊緊拽在懷裡，頭也不回地離開社辦。

「小真！」

大珮憂心忡忡拿著她的書包追出來。

謝雅真停下腳步，盡量想讓自己的表情一如往常。

「妳還好嗎？」大珮細心地幫她把書包掛到肩上。「反正今天社團沒什麼事，妳先回家休息好了。妳想講的時候，再跟我講好不好？」

她只是點頭。

「沒事，我都在。」

她點頭再點頭，跨上了腳踏車，卻不知道自己能去哪裡，只知道自己得用力逼回眼淚——要很用力，很用力才可以。

不想在學校哭，不能在濟德宮哭，也不能在家裡哭，阿嬤會擔心……全世界彷彿都沒有她的容身之處。

等她回過神來，已經到了那個充滿回憶的涵洞前，可涵洞的另一端沒有那個等待著她的男孩。

早就知道了，不是嗎？她究竟還在期待什麼？

無論到了哪裡，都沒有她想見的人……

早就，不可能回到過去了……

她緊緊地抱著戲服。無論抱得再緊，也喚不回任何人的體溫。

涵洞空蕩蕩的，僅有她破碎的回音。她坐在涵洞前，無助地痛哭失聲。

「小真寶寶，書包裡有巧克力喔！」大珮的訊息忽然從手機螢幕上關懷地亮起來。

她知道，自己得趕快好起來，必須好起來，她都知道……

她握緊手機，試圖對自己喊話及加油，可眼淚一顆顆滾燙地滑過臉頰，不受控制。她已經像這件戲服一樣，破了一個大洞……

鈴——手機鈴聲暴力地中斷了她的憂傷。

「喂？」她吸了吸鼻子，若無其事地按下通話鍵。

「仙姑，上次那間工廠又出事了啦！妳快點來！」

她結束通話，趕忙抹掉頰畔的淚，收拾情緒。即使再傷心，她也有該完成的使命。

在玩具工廠前會合之後，金勝在領著謝雅真與阿宏、阿修走進去。

「人呢？」金勝在左顧右盼。

「你們又來幹麼？」看見他們，老闆面色鐵青。

「你們員工打電話來說又有什麼事情，我們才專程跑一趟。」

「免！誰都知道你們專門用嚇的，接著就要我處理這個處理那個……拍謝，我沒在信這套，走！」

總覺得，這裡好像還有徘徊不去的靈……

難道是上次那些普渡來玩的小朋友嗎？

她閉上眼睛，聚精會神地感知。不對，不是……

「走啦！再不走的話我叫警察！」老闆撂下狠話，甩頭就走。

謝雅真驀然睜開雙眼，亦步亦趨地跟在老闆身後

「她叫你把工廠收掉，不要再開了，不然她會一直來鬧。」

「他？誰啊？」

「她說，要是知道你守這工廠守得那麼痛苦，就不要把嫁妝當掉給你開。」

「妳怎麼知道我老婆賣金子讓我開工廠？」老闆忽然警戒地望著她。

「她說，不是她的離開，也不是員工的問題，是你忘記了最重要的事情。」

她專注傾聽著亡者的話語，將之交代給它們牽掛的人。

「她說，你們之前都會和來的客人一起合照，員工之間的感情也很好，就是希望來

的客人都可以笑得很開心，怎麼現在沒笑容的人是你？」

老闆一愣，神情一轉。「我心愛的老婆走了，我怎麼笑得出來？」他抬眼環視著牆上一張張照片，神情遺憾而痛苦。「我老婆跟了我一輩子，都還沒享受到，就自己先走，放我孤孤單單一個在這裡拖磨……這間工廠四處都是她的形影，我怎麼放得下？我一定要把這間工廠守住！」

謝雅真聽著，嘆了口氣，盡心還原亡者的叮嚀。「她說，阿榮，你也要放過你自己，工廠做不做得下去，是時代也是天意，重要的是我們在一起美好的回憶。很抱歉比你先走一步，沒辦法陪在你身邊，但是，你要記得把這裡的東西當成是以後的力量，不要讓她煩惱了啦！」

她說得懇切，那遣辭用句，那說話口吻，恍若他的妻子，令他有著妻子就在這裡的錯覺。

「阿秀啊——」他倏地抬頭四處張望，好希望能夠再次看見妻子的身影，就算只有一眼也好！

「還有，她叫你把員工找回來，記得時常把你們賣的第一個玩具拿出來看一看。」

「真的是她跟妳講的？」老闆開口問她。可其實不用問，他心中已有答案。

他轉身將一盒玩具拿出來，小心翼翼地掀開盒蓋，取出盒中的機器人。

機器人踏步、旋轉，喚回每筆快樂回憶。老闆凝望著它，從前販售這個玩具的往事襲上心頭，歷歷在目。

「阿秀……我知道，妳要我先快樂起來，才有辦法把快樂帶給別人。」老闆輕輕撫過機器人上的每一道紋路。

他總是緊皺的眉心隨著手上的動作，終於舒展，表情柔軟，彷彿浸潤在曾經有過的歡樂時光裡。

矇矓間，一個溫婉女子的身影淡淡出現在他身旁，將頭枕在他肩上，感激地朝謝雅真投以微笑。

謝雅真點點頭，有些欣慰地看著眼前這一幕。

完成亡者的心願，讓亡者心無罣礙地離開，讓活著的人放下，這便是她身為仙姑的天命吧！

就這樣，在濟德宮與學校兩頭奔波的日常中，社團博覽會結束了，新學期開始了。

「小真，來，我帶妳去一個地方。」這日放學後，大珮神神祕祕地拉著她往外跑。

「去哪啊？」她不由分說地被拖著走。

「來，五、六、七，Go！」大珮一路將她拉到社辦，站在三宅學長面前，一聲令下，四人同時手舞足蹈。

「小真對不起，這次真的不是故意，妳別假裝不在意，讓我們用 Rap 對妳 Say sorry！」胖達綁著頭巾，有模有樣地唱跳。

她驚愕無比，圓眼睛睜得大大的。

「我們不是高富帥，我們只是矮胖呆，但是妳要知道，我們對妳有夠愛！」

「就是這麼簡單，沒有隱瞞，小真對不起，讓妳心寒，外套我們修，我們買單，下次我們保證絕對不再犯！」

這是什麼歌詞啦……怎麼這麼好笑又這麼窩心呢？他們是什麼時候練習的？也太熟練了吧！她怔怔的，一時間不知該如何反應。

望著她傻傻的模樣，大家同時笑了，小龜從身後拿出個禮物。「小真，這給妳，這是我週末去玩具特賣會買的。」

她定睛一望，這不就是玩具工廠的機器人嗎？

「拿著啦！」

她抱緊玩具，感覺像抱住大家的關懷，內心好似有小小的火苗滋長，非常溫暖。

「謝謝你們大家啦。」

「好，既然社長沒事了，我們的當務之急，就是如何吸引小高一入社，對吧？」見她露出笑容，鳥哥高興地開口。

「乾脆我們用 Rap 來招生啊，復興有嘻哈，怎樣？」

「我們是話劇社耶。」

「又沒關係。」

「我有想法，現在 YouTube 不是很紅嗎？我們呢，就拍一支宣傳片，這樣子如何？誰要加一？」大珮靈機一動，伸手提議。

「好主意，我加一。」鳥哥覆上手，立刻贊同。

「這樣就不用一直念書了，我也加一。」胖達也將手搭上。

「加一啦，加一。」小龜加入。

「小真？」大家同時望向她。

「那我也加一——」

「不好意思……請問我也可以加一嗎？」怯生生的詹曉彤走進來，手裡拿著謝雅真上次發給她的海報，推了推眼鏡。

「當然可以啊。」原來是那個女生！太好了，她真的來了！謝雅真認出她，開心地咧嘴一笑。

「那我也加一。」彷彿還嫌不夠熱鬧似的，一個高大的男生同時也走入社辦，揚了揚手中的入社申請書。

這不是那個上次在學務處前攔住她的男孩嗎？謝雅真一愣。

「嗨，大家——」男孩拿著擴音器，露出爽朗的笑容。

她眨了眨眼睛，恍惚間，居然有種錯覺，似乎看見了念文學姊手持擴音器的模樣，而他唇邊那抹颯爽的笑，好像阿樂……

她搖搖頭，阻止自己胡思亂想，開心地收下兩份新進社員申請書。

詹曉彤
張宇軒

完成入社手續，慶祝完新社員的加入之後，謝雅真回到家，一針一線地將阿樂的戲服補好，小心翼翼地收進櫃子裡。

眼角餘光瞥見小龜送她的機器人，不禁將之從盒子裡拿出來，轉動發條。

機器人一步一步地往前走，踏得實在，她托著腮，若有所思地望著。

她想，當回憶變沉重的時候，人很容易會想逼自己忘掉過去，但原來，「面對」最好的方式，是帶著快樂的回憶，讓它陪著自己往前走。

只不過，面對快樂的回憶跟面對悲傷都一樣不容易。

如果通靈真的能召喚回什麼，她希望能喚回勇氣——

她握緊藏在制服底下的隕石項鍊，默默為自己加油。

03 似曾相識

風鈴聲響，豔陽高照。

謝雅真迷迷糊糊地從床上坐起來，抬頭看時鐘——慘了！又遲到了啦！

她胡亂打理好自己，跳上腳踏車，風風火火地衝到學校。

毫無意外，教官已經在校門口大殺四方，於是她飛快調轉車頭，來到那一面熟悉的側門圍牆。

咻——書包在半空中畫了道完美的拋物線，成功翻過圍牆。

換她了！她往上跳躍，攀住牆頭——

「手給我。」一頭頂突然傳來一道男聲，緊接著，一隻大手伸到眼前。

似曾相識的情況，熟悉得令她胸口猛地揪痛。

她抬頭，日暉浸漬了頂上出現的那張臉龐，為男孩打出曚曨美好的光暈。男孩朝她露齒而笑，陽光且燦爛，一時間竟令她有股不該有的錯覺。

張宇軒。

怎麼又是他？

她撇頭，沒來由地有些生氣，也不知是氣他還是氣自己。她自顧自地爬上牆頭，全然不理會張宇軒朝她伸出的手與燦燦笑顏，俐落地跳進學校。

「小真！」他急忙跟著她跳下來。

煩欸，幹麼跟她裝熟？她撿起書包。

「前面同學——等等！」糾察隊朝這裡吹哨。「站住，不要跑！」

慘了！她和張宇軒同時拔腿狂奔，好不容易甩掉糾察隊，兩人躲在校舍後，扶著膝蓋拚命喘氣。

「小真，有沒有很懷念？」

懷念什麼？她回頭看他，不懂。

他舉起手，笑容燦爛。「我是阿樂，我回來了。」

什麼阿樂？就算插隊投胎也沒這麼快，而且跟她開這種玩笑太過分了吧？

本就不愉的心情更加擴散，她忿忿瞪著他，甩頭就走。

「小真，妳通通看就知道我是不是阿樂了啊，妳試試看嘛！」張宇軒著急，一把攫住她手臂。

「喂，你們兩個，遲到還想走啊？跟我回教官室去！」教官吹哨，怒氣騰騰走來。

都是他害的啦！太倒楣了！謝雅真低頭看著地面，默默生著悶氣。

「謝雅真，又是妳，妳想那麼常看到教官，我還不想天天看到妳咧！」教官走近，卻在看到張宇軒時一頓，口氣和緩下來。「宇軒？沒事，回去吧！」

這什麼差別待遇？好扯。她狐疑地看著張宇軒和教官。

「初犯而已，不用罰，回去吧！」教官拍拍張宇軒的肩，又說了一遍。

「謝謝教官。」張宇軒只得聽話離去，臨走前還依依不捨地望了她一眼。

也好，不用跟張宇軒一起罰站，免得心煩意亂。

她低頭看著自己的腳尖，突然有些慶幸。

「正信渡世」的匾額懸掛在濟德宮內，底下是一張張感謝狀、表彰錦旗，與記錄重大時刻的泛黃照片，彷彿見證著數代輝煌。

「你這個賣湯圓吃湯圓的，濟德宮的信徒名冊給我還來！聽到沒？」金勝在對著電話義憤填膺。

「阿兄，那什麼名冊真的沒有在我這裡。不過，現在宮廟都已經數位化，你要不要趁這個機會升級，這我可以幫忙。」湯勝元斯文的嗓音從話筒那頭傳來。

「你在說什麼？你意思是說，我這間廟很老就是了啦！」金勝在越聽越不滿。「不好意思，我就是一間老廟，每個月至少替五百個信徒辦事化解，聽到沒？五百個啦！」

「喔，五百位。」湯勝元應得不鹹不淡，更加觸怒金勝在。

「你不信喔？不信來賭啦！我跟你說啦，到這個月底，如果我信徒沒有超過五百個，我就……我就、就把整個廟送你啦！」金勝在撂完狠話，忿忿掛上電話。掛了之後，又覺得自己好像一時衝動說得太誇張，後悔莫及。

「老師，你整間宮廟送人之後怎麼辦？」假裝在擦窗戶的阿修一聽，事態嚴重，趕忙發問。

「你說什麼？」金勝在像被點燃引信一般，立刻爆炸。「我跟你們說，我們這間宮廟跟別人不一樣，我早就數位化！誰說我沒數位化？你們看那個跑馬燈，你們看那個App……阿宏！你在看什麼美女啦？點進去，通靈App點進去！」

金勝在發作到一半，發現阿宏居然在玩什麼交友軟體，氣得吹鬍子瞪眼。

還玩！等著看他把廟送人喔！

「金老師，不是我不點，你看它就會閃退啊！」阿宏很無辜地將手機舉到金勝在面前，操作給他看。

「它會閃退，你不會解決喔？還有，看看我們濟德宮的網站做成什麼樣子？照片牆裡面什麼人的照片都有，偏偏沒有我的照片！我是誰？我是濟德宮的CEO耶！你們看那個聖宇堂網站是怎麼做的！」

「金老師，不能這樣講啊，網站厲害有什麼用？也要宮廟厲害啊！」阿宏回嘴。
「對啊，也要有本事啊！」
「去去去，從明天開始，你們都給我去做那個什麼田野調查，看看人家聖宇堂是怎麼做的！」
「齁，什麼田野調查……」阿宏和阿修嘀嘀咕咕地走了。
金勝在坐立難安，不禁走到大殿，虔誠地拈香跪下，對著神明敬拜。
「聖母在上，弟子金勝在叩拜。最近宮廟大敵當前，事情一大堆，前陣子仙姑人好好的，也累到昏倒了，我很擔心。求聖籤一支，請聖母賜三個聖筊。」
喀噠——筊杯應聲而落，一正一反。
金勝在擲得三個聖筊，拿出神明指示的聖籤。
「不須作福不須求，用盡心機總未休。陽世不知陰世事，官法如爐不自由。」
「怎麼會這樣？」他反覆喃喃著籤詩上的字句，眉心深鎖。

沉寂了整天的校園總會在最後一堂課甦醒，朝氣十足。
操場上充滿了練習各種球類運動的學生，田徑隊、樂儀隊也在場邊訓練。

「小真，我從美國帶回來的行李都還沒全部拆完，妳今天要不要來我家，陪我一起整理？」謝雅真和大珮抬著球籃準備到體育室歸還，大珮在她耳邊嘰哩呱啦個不停。

「不要。」最不會整理東西了，她果斷拒絕。

「拜託啦，幫我整理一下嘛！我幫妳買了禮物，買手環、腳環、項鍊……」

「神經喔。」謝雅真失笑。

兩人經過操場，來自棒球場的喧鬧聲吸引了她們的目光。

「隊長、隊長、隊長！」

她們倆同時抬眼望去，棒球九宮格競賽板擺在場中央，僅餘一片數字5。

棒球隊隊長展臂長投，漂亮地打掉最後一格，場邊的歡呼聲如雷貫耳。

「妳不覺得棒球隊很帥嗎？」大珮眼神一亮，放下球籃，不由分說拉著她跑過去。

「大珮！」她被一路拖到球場圍欄旁，真是拿大珮沒辦法。

「PK一下啊！」張宇軒突然拿著一顆棒球走進場內，向棒球隊隊長挑戰。

怎麼回事？謝雅真一瞬也不瞬地盯著他，胸口突然震盪了一下。

這說話的口吻、這臉上的表情、這把玩棒球的姿勢、這似曾相識的場景……

難道張宇軒說的是真的嗎？

可是，她並沒有感受到他身上有兩個靈的氣息；如果是阿樂，加上張宇軒本人，應該會有異樣……

陽光在他身上鍍了一層薄薄的金邊，張宇軒抬腿、舉手、展臂——

微小的期待在她胸腔中萌芽，她跟著深呼吸，整顆心幾乎提到嗓子眼。

「哈哈哈哈哈！」沒想到張宇軒扔出的球沒擊中，根本連框都碰不到，全場爆出大笑。

真是的，自己在想什麼……張宇軒本來就不可能是阿樂。

「走了啦！」果然是個騙子！她究竟在期待什麼？謝雅真提起球籃，說不清自己心中忽而高昂忽而低落的感受。

大珮追上她，喜孜孜地問：「我們小真是不是有點不一樣了啊？我剛看到妳一直在看張宇軒。」

她很無奈地看著大珮，實在不知該做出什麼表情，更不知該從何說起。

不過，大珮自顧自說得很開心。「聽說他之前很安靜，不太參加大家的活動，但我看他在社團還滿熱心的，感覺還不錯。巧薇有交代我，要幫妳過濾男生，我看他就還不錯啊，妳不要害羞又錯過了喔！」

「什麼啊？妳們不要亂講！」

見她一臉的興趣缺缺，大珮話鋒一轉。「欸，小真，最近有個舞蹈甄選，妳覺得我要去嗎？」

「去啊，幹麼不去？」她一愣，很認真地答。

「還是妳找那個張宇軒一起來？我給妳兩張票，在我的見證下，你們就在一起，妳不覺得這樣很棒嗎？」

天啊，沒想到繞來繞去，都是要繞回這裡。現在是全世界都要逼她趕快談新戀愛的節奏嗎？

「不覺得。」她真是哭笑不得，果斷掐熄大珮和巧薇這些亂七八糟的念頭。

「好嘛，拜託嘛，妳陪我去啦，好不好？然後等等社團時，我再自己問張宇軒，叫他一起來。」

「先說，我今天不去社團喔。」

「蛤？為什麼？」

「我今天宮廟有事。」謝雅真低下頭，回答得有點心虛。

其實……宮廟有事是真的，她今天得和金老師一起去一個靈堂。但是，自己暫時不知道如何面對張宇軒也是真的。

總覺得，心裡亂糟糟的，理也理不清。

是不是因為她太想阿樂了，始終放不下，才會四處找尋阿樂的影子？

社長缺席的話劇社社辦裡，正進行著如火如荼的討論。

「快想一下宣傳片要怎麼拍啊？隔壁社團還用空拍機來拍耶。」
「靠，那不是很貴嗎？不然阿凡達！我們來拍阿凡達！」
「最好是拍得出來啦！」
「我其實有想過，我們來拍一個愛情、動作、科幻、懸疑、恐怖片，最好還帶點眼淚。」鳥哥認真地說。
「白痴！你還想拍愛情片來刺激小真喔？」小龜毫不留情地吐槽。
「不然問一下學妹好了。學妹，妳覺得我們拍什麼比較好？」鳥哥討好地湊到大珮身旁。
大珮思考了會兒，有些苦惱。「可是我剛回來台灣，其實我也不知道台灣流行什麼……欸，曉彤，妳有什麼想法？」
大家齊刷刷看向詹曉彤，望得她一陣緊張，正襟危坐，連氣也不敢喘一口。
「呃……我覺得……我們可以拍驅魔少女。」她向來有隨手抄寫的習慣，此時因為緊張，不停翻動著手記，努力尋找可以用的靈感。「我想說，小真是仙姑，應該滿適合我們話劇社的。」
大家陷入思考，沉默不語。
看大家都安靜不說話，詹曉彤以為自己的提議很糟糕，頭低低的，簡直要垂到桌面。「還是……」

「我喜歡！」
「很棒欸！」
「有話題，有效果，又有我們的風格，對不對？」眾人爆出讚嘆，紛紛認同。
詹曉彤小心翼翼地抬起頭來，受寵若驚，不可思議。
「那這樣我是不是要把我的魔法少女借給小真參考？」
「她走英雄派的啦！」
「魔法少女也很帥啊！」
「我覺得，我們要寫一個反派角色給小真，他最好又帥又壞，然後小真又愛又恨……這就我啊。」
三宅興高采烈，討論得越來越天馬行空，詹曉彤仔細地記錄著大家的想法。
「學長，我覺得，我們還是先問一下小真好了。」大珮支著下巴想了想。
總覺得……小真可能不會想演這個，得想個辦法說服她才行！

對折、成束、綑綁、固定、穿繩……
一朵朵莊嚴美麗的紙蓮花在如此重複規律的動作下完成，妝點在哀戚的靈堂之中。

「老師、仙姑，不好意思，這麼晚還請你們過來。我爸前幾天心臟病病發，一切來得太突然了。」身穿黑衣的家屬神色憂傷地說。

「阿寬，不要這麼說啦，你爸在世的時候，左鄰右舍的事情都是他在處理的，你放心啦，你爸有什麼話沒說的，仙姑會幫你帶到。」金勝在站在謝雅真身旁，朝阿寬擺了擺手。這個阿寬的爸爸在鄉里上也算是個人物，大家都很熟。

謝雅真閉上眼，阿寬及他的妻子、母親三人屏氣凝神地望著她。

她在膝上做了個手結，聚精會神，尋找著已逝之靈……

「你爸說，很抱歉，他沒有照顧好自己的身體，就這樣先走了，沒有辦法再繼續照顧你們。這個家，還有新加坡的公司，都交給你繼續照顧了。」努力感知亡者話語，她一字一句如實敘述。

阿寬專注聆聽，神情中充滿對父親的不捨，母親在一旁偷偷拭去眼角的淚。

「他還說——」她聽著聽著，猛地睜開眼睛，臉色一變，硬生生打住。

「還說什麼？」阿寬急切追問。

「他還說……他真的很愛你們。」她望著阿寬焦急的面龐與他身旁的家人，頓了頓，怎麼也無法說出實話。

阿寬皺眉，面露疑惑。怎麼總覺得仙姑的反應好像怪怪的……尋得空檔，謝雅真偷偷將金勝在拉到一旁，在他耳邊細語。

「真的還假的？他是怎麼講的？」

「他就跟我講說，希望他們可以每個月匯兩萬塊給她。」

「匯錢給他女兒喔？」

「嗯啊。」

夭壽，人都走了，才突然說外頭還有個女兒，這要家人怎麼接受？一個弄不好，家庭失和，還會怪他們亂講話，吃力不討好。

「這種事情我們不能隨便亂講。」金勝在耳提面命。

謝雅真正要詢問該怎麼辦，未料阿寬驀然走過來，看見他們聚在一起，更加堅定自己的猜測。「仙姑，請問我爸到底還說了些什麼？」

謝雅真瞥了眼金勝在，回答得有點心虛。「他說他在新加坡有個朋友，希望你們每個月可以匯兩萬塊給她，那個帳戶資料在他的皮夾裡。」不要說是女兒就好了吧？這樣話也帶到了。

「新加坡的朋友？他有沒有說是怎樣的朋友？」阿寬追問。

慘了！怎麼辦？謝雅真露出大難臨頭的表情，金勝在趕忙救場。

「他沒講，我想應該是一個普通朋友吧。」

「普通朋友？那你們幹麼要私下講話？」阿寬捕捉到兩人表情，實在不太相信。

「有可能啦，你爸生前交遊廣闊，不要想太多，忙了一整天，好好陪陪媽媽，陪陪太太。你爸爸就已經過世了，你好好完成他的心願，好好過自己的生活，這樣子不要讓他擔心，好不好？這麼晚了，我們先走了。」

金勝在拍拍阿寬的肩，領著一行人向阿寬點頭告別。

阿寬望著他們遠走的背影，越想越奇怪。

是什麼樣的朋友，會需要每個月匯錢過去？皮夾裡真的有所謂的帳戶資料嗎？

回到家之後，他在父親的書房裡翻箱倒櫃，一一確認父親的遺物。

公司文件、印章、帳簿……找著找著，他從書櫃當中的陳舊鐵盒裡翻出了一個長年使用的黑色皮夾。急急忙忙打開，居然真的找到一張泛黃的舊紙片，上頭記錄著一筆無姓名的帳戶資料。

究竟是誰的帳戶？從來沒聽父親提起過。

他將鐵盒中的物品拿出，仔細收藏著的，是他成長過程中與父親的合照。

逐張翻閱，拿著照片的手陡然停在半空中——

父親與一名年輕女子的合照猝不及防映入眼簾。

年輕女子倚靠在父親肩頭，開心地環抱著父親，兩人笑容燦爛，舉止親暱。

這個女生是誰？

阿寬緊緊握著照片，面色鐵青，輾轉難眠。

什麼普通朋友——

當晚，輾轉難眠的還有緊緊握著手機的謝雅真。

「張宇軒向你提出交友邀請」，這行字浮現在她的手機上。

她怔怔望著，躺在床上翻了個身，不知所措。

04 珍惜

翌日早晨。

鐺鐺——鐺鐺——

第一節的上課鐘響清晰地從側門圍牆裡頭傳出來，張宇軒靠在圍牆外，遲遲沒有等到想見的人。

查看手機，送出的交友邀請也仍未被接受……

真是的，到底該怎麼做才好呢？

他嘆了口氣，失望地走進校園裡，步伐拖得長長的。

真是的，到底該怎麼做才好呢？

整晚翻來覆去的謝雅真姍姍來遲，創下了有史以來的最晚到校紀錄。想當然一到校門口，她就被教官逮住了。「謝雅真，妳不要再遲到了！第一節都快要下課了才來？妳不要害教官每天都要想罵妳的台詞，妳累我也累！好了，快進去上課！」教官一路從校門口碎念她到教室。

天啊，根本緊箍咒，都已經夠想睡了……

「謝謝教官。」她逃難似地進入教室，萎靡地趴到桌上，覺得自己能夠一秒入睡。

「欸欸！」鄰座傳來氣音。

她打了個哈欠，轉頭，一份三明治和奶茶立刻偷渡到她桌上。

「請妳吃早餐。」大珮朝她笑得一臉討好。

她是又餓又睏沒錯啦……但怎麼有種鴻門宴的感覺？

她張嘴咬了一口吐司，總覺得大珮看起來賊溜溜的，不知在打什麼主意。

「各位觀眾！讓我們歡迎驅魔少女——謝雅真！」

社團活動時間，到了舊團部之後，大珮神神祕祕的原因終於揭曉了。

鳥哥站在舞台上大聲鼓譟，胖達戴著一頂亂糟糟的假髮，小龜則是拿著道具寶劍凌空猛砍。

這是怎樣？驅魔少女是誰？除了她之外還有人叫謝雅真嗎？

她嘴角抽動，太陽穴很痛。

「妳看，我就說很好玩吧！」大珮抓著她手臂猛搖，興沖沖的。

「不是啊，我在宮廟就已經……來學校還要這樣，很搞笑欸！」一點都不好玩！她抗議。

「搞笑才是真正的浪漫啊！殺！」張宇軒打了個響指，順理成章地接話，樂呵呵地提著手裡的道具劍突刺。

怎麼又是這樣啊？

謝雅真不可置信地看著張宇軒，那種莫名其妙且無能為力的複雜感覺又來了。為什麼張宇軒知道這句話啊？還會像阿樂一樣打響指？沒有人在他面前提過呀，難道是學長私下告訴他的？

「學弟，這句話不是這樣用的，不熟不要裝熟。坐下！」鳥哥瞪張宇軒。

張宇軒摸了摸鼻子，喪氣地坐回角落。

「小真，真的很酷耶，不演嗎？」鳥哥繼續主持秩序。

「不是啊，我——」

「好，不要囉嗦，就這樣決定了！」鳥哥握拳，逕自拍板定案，分配角色。「大珮長得漂亮又有想法，導演這個位置非妳莫屬。而我呢，就是導演的得力助手——攝影師。小真是女主角，還有，劇本也妳寫！」

「我不要！」她大聲抗議。女主角已經夠忙了，連劇本也是她？

「拜託，這裡有誰比妳更懂仙姑的日常？」

「學長，小真她不想寫，你就不要勉強她嘛！好不好？」大珮趕緊出來緩頰。

「既然學妹都這麼說了，學長是不會勉強人的。這樣劇本要誰寫？我想一下……」

鳥哥眼神梭巡過一圈，最後停留在角落的詹曉彤身上。

「學妹，妳看起來很文靜又很文青，應該是滿會寫東西的吧？那不如寫劇本的事情就交給妳，妳覺得怎樣？」鳥哥一把衝到她面前，將手撐在她的桌面上，居高臨下地望著她。

詹曉彤被嚇得硬生生往後退。「我、我可以試試看，但我不太懂仙姑的生活……」

「唉呀，妳問她就好了啊！」伸手指向謝雅真，鳥哥說得十分輕鬆，假裝沒看到謝雅真崩潰的模樣。

「……好。」詹曉彤支支吾吾地應道。

「好就是要的意思囉？耶！」鳥哥歡呼，高聲宣布。「就這樣決定了！劇本就由……欸？妳叫什麼名字？」

「詹曉彤。」

「劇本就由曉彤學妹寫，鼓掌！」

大家同時拍手，詹曉彤抿了抿唇，似乎有點開心。

謝雅真無奈地跟著鼓掌，一想到在學校也逃脫不了當仙姑的命運，真是五味雜陳。

蓊鬱蒼翠的矮松、苔蘚遍植庭園，碎石在地表鋪成了路面，形成了一條長長的賞園通道。

「哇！」戴著漁夫帽的阿修走入懸掛「聖宇堂」牌匾的庭園，發出讚嘆。

庭園內成排的木造建築充滿懷舊氣息，榻榻米加上和式紙門的設計清幽典雅，簡約素淨，營造出一股空靈神祕的莊嚴感。

月老牽情

上年度結緣佳偶三千兩百對，結婚佳偶八百對，靈性伴侶應姻緣而結緣，聖宇堂感恩祝福。

「還有 QR Code 欸。」阿修佇立在告示牌前，拿出手機掃描，很盡責地在做田野調查。

太氣派了！這風格和濟德宮完全不一樣。

「您好，請問是第一次來聖宇堂嗎？」身著素色長衫的長髮女子走到阿修身旁，柔聲問。

「對。」阿修抬頭，一時間看直了眼。不只庭園漂亮，連師姊都這麼漂亮！

「這邊請。」女子領著阿修前進。

阿修趕忙整理了下服裝儀容，提步跟上。

穿過了禮佛商品區與安放神明的正殿，阿修隨著師姊來到禪堂。

「……這是你的先天性靈，行運至此，有貴人，有小人，有桃花煞，還有車關。我先把你的桃花煞還有車劫化解掉。」

湯勝元盤腿坐在信徒面前，前方矮桌上放置燃燒中的白燭與檀香，幽香繚繞。

「幫你破除這個劫數之後，現在重要的是，我們要養氣還有補運，保持靈性的清明。」湯勝元以雙指夾住符紙，嘴中喃喃念誦咒語，扔進缽爐裡。爐內竄出徐徐白煙，在清幽的環境中妝點了幾分神祕。

湯勝元輕輕抬手，隨侍在旁的師姊立刻捧來托盤，恭敬地端到信徒面前，托盤上放著一條以精美禮盒包裝的水晶手鍊。

「這是黑曜岩，能夠穩定心靈、辟邪、排除負能量。如果你還有任何問題，歡迎你常常回來聖宇堂，祝福你。」湯勝元朝信徒行禮，雙手合十。

「謝謝老師、謝謝老師。」信徒滿心喜悅地捧著手鍊離去。

輪到他了！

阿修在隨行師姊的帶領下入座，目光接觸到湯勝元身旁的另一名師姊，再度愣住。

這個師姊也很漂亮捏！聖宇堂是怎樣？用顏值來挑員工嗎？

湯勝元認出阿修來，微微一笑，不疾不徐地問：「你是濟德宮的師兄？」

「是。」阿修點頭，戀戀不捨地將目光從師姊身上拉回來，尷尬地笑了笑。

湯勝元注意到阿修游移的目光，抿唇而笑，胸有成竹。

「姻緣是人生的一大課題，我感覺到你對愛情有強烈的渴望。那你知不知道好姻緣的本質是什麼？」

「不知道。」

「是靈性，簡單地說，也就是能量。」

阿修抓了抓頭，一臉茫然。

「你是不是覺得自己懂得不多，怕別人沒有注意到你？」

阿修點頭。

「你要相信，人是可以改變的，首先，要讓自己的靈性醒過來。」湯勝元再度抬手，師姊隨即拿來放著四種顏色御守的托盤，擺到阿修面前。

「覺醒了，找回自己的力量，好運就來了，這就是我們在做的事。」

阿修拿起其中一個御守，東看西看。

「這就是護身符啊。」他拉起胸前的濟德宮護身符，和御守相互比對。怎麼看都是一樣的東西，怎麼被湯勝元講得這麼神奇？

「這不是讓你只戴在身上，是要讓你一看到它，就要立刻提醒自己，要覺醒，是你自己讓它變得有用的。」

覺醒喔？好像很厲害。

「喔……有道理、有道理，好好好。」阿修被唬得一愣一愣的。

同時間，一道搖搖晃晃的身影手持酒瓶、渾身酒氣地逼近濟德宮。

哐鏘——酒瓶被毫不留情地砸向廟門，應聲破碎，滿地玻璃飛濺。

「仙姑！出來啊！」滿面通紅的男人在門口叫囂。

阿宏聞聲，立刻從廟裡奔出去，看清來人是誰，嚇了一跳。

「阿寬？怎麼是你啊？」

「叫仙姑出來！」喝茫了的阿寬伸手推阿宏，想闖進濟德宮裡。

「不要鬧事，你快走喔！」

金勝在跟著跑出來，擋在門口。

「阿寬，你幹麼？仙姑在公休，你是怎樣？酒喝成這樣？」發什麼神經？不能讓他醉醺醺地去找小真啦！

奇怪？怎麼這麼吵？原本在禪堂內休息的謝雅真聽見騷動，從蟠龍柱後悄悄探頭。

「金老師，我要找仙姑！」

「就跟你說仙姑公休，聽不懂喔？」

「快啦！我要找仙姑，叫我爸出來！」

原來是阿寬……

謝雅真嘆了口氣，默默從濟德宮裡走出去。

「仙姑！過來！」阿寬捕捉到她的身影，酩酊大醉地命令。

「小真，這裡沒有妳的事！」夭壽！這囝仔怎麼永遠都不會趨吉避凶，金勝在立刻想把謝雅真趕進去。

「我在跟妳說話！」阿寬繼續撒潑。

她閉上眼，感知到徘徊在阿寬身旁的靈，很快地弄懂發生了什麼事。原來如此……

「她是你妹。」睜開雙眼，遵照老人家的心意，她篤定堅實地說。

「我妹？妳在說什麼？我家只有我一個，妳不要明天再跟我說我有個弟弟！」阿寬橫眉豎目，可入耳的訊息卻令他幾乎酒醒大半。

她再度閉眼，一字一句轉述老人家的話，完成他最後的心願。

「你爸說，對不起，他真的很對不起。二十年前，為了這個家，他一個人去新加坡打拚，他說為了這個家，他什麼苦都可以承擔，但沒想到錢卻被朋友騙光了。」

怎麼會？阿寬瞪大了眼，忿忿的神情出現一絲鬆動。

父親從來沒有在他們面前喊過一聲苦，因而一直以來，他們一家人都以為父親的事業很順利……

「他說，還好當時有位陳小姐幫忙度過難關，所以他們兩個才走在一起……他很抱歉，是他沒辦法坦然面對自己的人生低潮，所以才犯下錯誤。他不奢求你原諒，但你跟那個女生都是他的親生骨肉，他有責任要照顧她。」

什麼啊？阿寬緊握雙拳，表情扭曲。

這算什麼？原來他小時候和母親在台灣，忍受著父親不在身旁的孤單寂寞時，父親居然在異鄉還有另一個家庭？

什麼妹妹？什麼親生骨肉？現在才來向他說對不起有什麼用？真想負責的話，就起來負責啊！撒手倒下算什麼男子漢啊……

「他說，你比他好太多太多了，你才剛結婚，有大好前程，不要因為他，給自己太大的壓力，對不起，真的很對不起。」

不要！他不要再聽了！他不想接受這件事，不想責怪誰，更不想原諒誰！

阿寬狼狽地從濟德宮前跑走，身體與心靈同樣搖搖欲墜。

他一路跑回家，回到父親的書房，掃翻了視線能及的所有物品。

轟咚——砰——

他從小到大的獎狀掉出來，甚至還有他小時候畫給父親的卡片、勞作……

他身心俱疲地滑坐下來，撿起地上一抹鮮豔的紅。
那是父親遠在新加坡，無法親自陪他度過生日時，特地寄回來的紅包，當中還附了張父親頭戴著生日帽，捧著生日蛋糕的照片，背面寫著：

給最可愛的寶貝：
阿寬，祝你生日快樂！爸爸再一下子就回台灣囉！
再等爸爸一下！

原來，這些東西父親都萬般珍惜地收藏著……
阿寬握著照片的雙手不停顫抖，腦袋一下下撞擊著桌緣，痛哭失聲。
假如，疼痛能麻痺傷痛就好了……

最近真是累爆了。
開學忙、社團忙、宮廟忙，再不好好補眠就要過勞了啦！
午休時刻，過勞的仙姑走進話劇社社辦，決定躲進棺材裡好好充電。

砰——才掀開棺材，謝雅真就驚嚇地蓋回去，差點被嚇死。

「Surprise！」張宇軒推開蓋子，滿面笑容地從棺材裡探出上半身。

她瞪著他，覺得他臉上的笑容分外刺眼，扎痛她的心，扭頭就走。

「小真！」張宇軒一把拉住她。

「幹麼啦?!」她氣憤地甩開他的手。

「妳為什麼不相信我是阿樂？我知道這麼多事，妳都不覺得很奇怪嗎？」張宇軒亟欲解釋，不知為何，臉色顯得有些蒼白，聽起來還有點喘。

「那又怎樣？我拜託你不要再開這種玩笑了啦！」幾乎是求饒的口吻，她說得又急又氣。

這真的不好笑！他說的每句話都是揭開她的傷，他那些與阿樂相似的口吻與動作也是，無時無刻都提醒著她失去了什麼，令她難受得不得了。

「我知道，我們在哪裡接吻，還知道我們在哪裡牽手耶！」張宇軒對她擠出笑容，像沒聽進她說的話，從棺材裡站起來，說得非常堅持且用力，卻是上氣不接下氣。

怎麼回事？他的臉色好差，呼吸急促，似乎很痛苦的樣子……

「你怎麼了？」望著張宇軒頹然扶著棺材邊緣的模樣，她著急地蹲到他身旁，顧不得別的。

嗶嗶——

「你們在幹麼？」教官的哨音與喝斥聲驀然由走廊傳進來。

謝雅真驚愕回頭，教官的身影衝入社辦，跟著蹲到他們身旁。

「同學，你沒事吧……張宇軒？」發現蜷曲著身體的人居然是張宇軒，教官臉色大變，匆忙將他扶起來。

「走，我們去保健室！」教官十萬火急地帶著張宇軒離開，轉頭朝她大喊：「謝雅真，去三班拿他的噴劑！」

怎麼會這樣？什麼噴劑？張宇軒到底怎麼了？

天藍色布簾遮掩了病床上蒼白的容顏。

好不容易穩定下來的張宇軒緊閉雙眸，半臥躺在保健室裡。

「宇軒媽媽妳放心，他現在情況已經比較穩定了。」教官正和張宇軒的家人通電話，她站在一旁豎耳傾聽。

原來張宇軒有氣喘，難怪他需要隨身攜帶氣管擴張劑，難怪保健室護理師特別吩咐要讓他半臥躺，據說這樣的姿勢才能讓氣喘患者減輕呼吸困難……

「沒關係，我們會密切注意的……好，好的，那我們保持聯絡。」結束了通話，教官走到她身旁來，語重心長地叮嚀。

「謝雅真，教官跟妳說，張宇軒本來身體就不好，又有氣喘，暑假還發生溺水的意外，我怕他可能會有創傷後壓力症候群，你們要多發揮一點同學愛，不要讓他身體都不好了，在學校還沒朋友，知道嗎？」

「喔，好。」她點頭應聲，對張宇軒本就抱持的複雜心情似乎變得更加五味雜陳，除了困惑、不解、氣惱、手足無措之外，現在還參雜了點同情。

「好了，沒事了，妳先回去吧。」教官朝她擺了擺手。

「謝謝教官。」她向教官行禮，默默退出保健室，可教官說的話卻縈繞在心底，久久不散。

晚上回到家，她躺在床上，不知第幾次看著張宇軒的交友邀請發呆。

到底……要不要接受呢？

嗡——手機突然震動了起來，中斷她亂七八糟的思緒。

她按下通話鍵，詹曉彤怯生生的聲音從那端傳出來。

「喂，是小真嗎？我是曉彤，我現在在寫劇本，有幾個問題想要問妳。」

「喔，妳問啊。」

「那……我把問題先發給妳，妳看一下，大概有五十八題。」

媽啊！五十八題？她沒聽錯吧？她被嚇得坐起身。

「主要是想問妳，通靈……大概是一個怎麼樣的狀態？」

她想了會兒，試圖把抽象的感受形容得具體。「其實，就是有的時候突然會有一個意念，或者是一個想法啦！」

意念？想法？詹曉彤認真抄寫在筆記上，唯恐錯漏任何一個重要訊息。

「妳其他那些問題我先看一看，明天再回答妳好不好？」光是回答一個問題就要思考三十秒，回答五十八題大概不用睡了吧？她看了眼時鐘，決定先好好消化完所有問題再說。

「好，謝謝。不好意思，麻煩妳，因為學長他們好不容易給我這個機會，我希望可以好好把它完成。」詹曉彤說得小小聲的，聽起來真的很抱歉。

「不會啦，不麻煩，那我明天再打給妳喔！Bye。」

她按掉通話，那則令她不知該如何是好的交友邀請瞬間又回到手機螢幕上。

吼喲！到底要怎麼辦啦？

她抓了抓頭，若有所思地倒回床上。過了好半晌，又坐起來，點開手機畫面，滑開張宇軒的好友邀請，傳訊過去——

「你到底想幹麼？」

鬧鬼廢棄的學校，你敢進去嗎？

驅魔少女——謝雅真領銜主演

浮誇的海報張貼在話劇社黑板上，海報上的謝雅真穿著猶如殭屍片中的道長般的收妖道服，前方的三宅做著誇張無比的表情，東倒西歪。

「天啊，妳怎麼想到的啊？」現實生活中的三宅捧腹大笑，也在這張海報前笑得東倒西歪。

「我想說先做個海報，這樣大家看故事也會比較好懂……」詹曉彤戰戰兢兢地遞出一本薄薄的筆記本。

大珮接過來，翻開，居然是類似漫畫分鏡般的劇本，眼睛為之一亮。

「也太厲害了吧？」大珮驚呼，三宅圍過來看，同時嚷嚷。

「學妹，妳好有才華喔！」

「天啊！太強了！」

「社長還沒來嗎？」詹曉彤左顧右盼。

「對欸，小真最近出席率也太低了吧？」鳥哥突然想到。

「她今天好像要去參加一個信徒的告別式。」大珮繼續看著劇本，回答得有點不確定。小真的宮廟外務很多又很雜，她時常聽了前面忘了後面。

「還是我們把這也寫進去？仙姑好忙？」

小真今天真的不會來嗎？

詹曉彤望著社辦門口，有點失望。

花籃、輓聯布置著簡單隆重的告別式會場。

寫著往生者名諱的往生蓮位安放在最前方，接受著追思者的悼念。

「拈香儀式開始，來賓請高陞一步。」穿著黑西裝、戴著白手套的禮儀師引導著告別式流程。

「請一鞠躬。」

「請拈香三次。」

「請往後退一步，再一鞠躬——」

「男士答禮，女士回禮。」

披麻帶孝的阿寬站在家屬位置，一一朝賓客們致意，受邀前來的金勝在與謝雅真坐在會場裡，靜靜觀禮。

驀然間，有個身穿黑色喪服的年輕女子走入會場，腳步遲疑，面容隱約有股不安，又帶著哀戚。

她一進來，阿寬的臉色瞬間僵凝。謝雅真跟著望去，心口跟著一跳，似乎猜到了女子的身分。

「請拈香。」

女子緩步來到阿寬父親牌位前，泣不成聲。

「男士答禮。」

阿寬向女子敬禮，仔細端詳她的面容，再望向遺照裡的父親。

這就是……他的妹妹？

她看起來似乎與自己家人一樣傷心……他們都是失去父親的孩子，她的痛苦、失落是否也跟自己一樣？

「請往後退。」

女子在禮儀師的指示下完成了拈香儀式，啜泣著一語不發地走出了會場。

爸，你希望我怎麼做？而我呢？我自己，又希望怎麼做？

沒有猶豫太久，阿寬提步追出去。

女子疑惑地回頭，停下腳步。

阿寬鼓起勇氣，朝她伸出手，從懷裡掏出名片。「我叫阿寬，這是我的名片，歡迎妳常來台灣，有任何問題打電話給我。」

「謝謝。」女子睜大眼，十分不可置信，小心翼翼地伸出手與阿寬交握，珍惜地收下名片。

倏然間，會場外揚起一陣溫煦的風。

微風送來了花香，也帶來了理解與放下。

阿寬父親的身影染著朦朧光暈，淡淡地出現在他們身旁，彎身朝注視著這一切的謝雅真鞠了個躬，隨之逸散在徐徐清風裡。

謝雅真輕輕地朝他點了點頭。

這世界上有很多讓人不得不接受的意外，例如親人的離去，或是始終不能明說的祕密。每個人都沒有選擇的權利，但或許，每個人都可以選擇，保有愛人的能力。

叮——口袋中的手機突然傳出提示音。

「我們第一次接吻的地方，我在那裡等妳。」

她拿起手機，張宇軒的訊息跳出來，再度撥亂了原就紛雜如毛線球的心。

怎麼可能？他到底鬧夠了沒？

可是，如果……萬一是真的呢？

她不自覺握緊手機，掌心裡全是汗。

05 幻夢

懷抱著忐忑的心情，謝雅真惴惴不安地來到了涵洞。

涵洞裡漆黑一片，空無一人，盡處閃耀著刺眼的日光。

看吧，根本就沒有人！她心底悶悶的，說不出是失落還是鬆了口氣。

「小真！」霎時間，一個男孩的身影踩著光出現，輕快的腳步聲穿越涵洞，大步流星來到她面前。

「對不起，上次演唱會放妳鴿子。」張宇軒拿出兩張演唱會門票，舉高到她眼前。「這次絕對不會錯過了，妳有空嗎？」

Alice的演唱會門票？怎麼可能？她驚愕抬頭，關於自己與阿樂之間的種種回憶瞬間衝湧而上，占據她所有感官，淹沒她所有理智。

「小真，我回來了。」男孩燦燦笑開。他真的希望自己還能彌補，沒有完成他們第一次約會的遺憾。

猝不及防，她鼻頭一酸，眼眶裡全是淚花，無法自已。

怎麼會？這些應該都是除了她與阿樂之外無人知曉的祕密，為什麼張宇軒會知道？曾經，她有多希望阿樂能夠回到身邊，多希望阿樂的意外只是一場夢……真的嗎？她真的能夠相信嗎？

阿樂真的回來了嗎？

被淚水模糊的視野裡，眼前男孩的笑顏與阿樂的逐漸交疊，就如同她記憶中般的明亮，眼底全是揉碎的螢光。

美好得彷彿一觸即碎的夢境。

星星點點的碎光在河面上粼粼蕩漾。

他們漫步在河濱公園的長長步道上，在堤防草皮上坐下。

「所以，你也不知道你為什麼跑到張宇軒的身體裡喔？」她抱著膝蓋，困惑發問。

雖然她在濟德宮當仙姑問事，但是也從沒遇過這樣的事情，總覺得很離奇，很不可思議。

一般來說，卡到陰的人身體裡通常是有兩個靈，但他身上只有一個阿樂的靈……就是因為如此，她一開始完全感應不到有什麼異常，也沒想過這個可能，只覺得是他在胡說八道。

「對啊，我一醒來，他媽媽就一直叫我宇軒，我也不知道該怎麼說。我有去找妳，結果妳搬家了，所以想說開學的時候再去找妳一次。小真，妳真的超難說服的！」張宇軒捶了下她肩膀，舉止親暱且自然。

她本能縮回肩膀，尷尬地笑了笑。雖然已經漸漸相信眼前的男孩就是阿樂，但還是很不習慣和外表陌生的他有肢體接觸。

當然很難說服啊！誰會相信這種事啊？她悶悶地望著「阿樂」，直到現在仍覺得是一場夢。

但他的心情和她截然不同，神采飛揚。「不過，妳知道我回來後有多開心嗎？又可以跟妳在一起，還可以跟社團——哇！」

倏然間，一顆棒球凌空飛過來，他眼明手快，伸手接住。

「哥哥！在這裡，在這裡！」步道對面的孩子朝他們用力揮手。

「接好嘍！捕手準備——」他抬腿展臂，姿勢帥氣，笑容自信。

真的，好像阿樂……不對，他本來就是阿樂。她霎時間看傻了眼。

沒想到他的手臂揚起，在半空中畫了個半圓，面色一沉，突然蹲低身體，低空將球滾過去。

「不好意思。」阿樂朝對面的孩子們一笑，有點難為情地跑回她身邊。

「就這個身體……太差了。不是太差，是真的很差耶！」張宇軒懊惱地捶打自己的胸膛。

體能不好就算了，居然還有嚴重氣喘，害他都不敢盡情運動，就怕突然發作。

也對，雖然是阿樂的靈魂，但畢竟不是阿樂的身體。再怎麼說，還是不一樣的人……謝雅真低下頭，悶悶不樂。

「妳發什麼呆？」他欺身過去，習慣性地要彈她額頭。

她渾身一震，突然往後退，他同時被她嚇到，神情有些受傷。

她趕忙解釋。「不是，你現在這個身體就是張宇軒……」

就算知道內容物一樣，面對新包裝還是會不知所措啊，她真的盡力了。

「也是喔。」張宇軒抓了抓頭，尷尬地笑了笑，想到一件重要的事。「說到這個，妳會不會覺得張宇軒已經死掉啦？」

她安靜下來，仔細回想以前處理過的事件來推測。「身體還在的話，靈魂就應該還在。只是……我通不到他。」

「那我現在在這裡，會不會突然哪一天就消失？」他問得很認真。

她回答得不是很肯定。「如果，張宇軒回來的話……」

「所以在張宇軒回來前，我都還可以……」他戰戰兢兢地盯著她，腦海裡有個大膽的想法。

她也戰戰兢兢地回望著他，不禁吞嚥了好大一口口水。

可以什麼？可以占據別人的身體？

身為一個仙姑，就算她從沒處理過這樣的事情，但每天看著濟德宮裡那塊「正信渡世」的牌匾，也能隱約感覺到，這件事好像是不對的。

她是不是，應該阻止阿樂有這樣的想法呢？

她是不是，應該想辦法去找張宇軒呢？

又或者，她應該先找金老師討論看看？

可是……

如果阿樂就此消失的話……

腦子裡的想法紛雜，無法消化，她猶豫了片刻，最後勉為其難地點了點頭。

還是走一步算一步，慢慢再想好了。

「Yes！能再活一次真是太酷了！Party Time！」他爆出歡呼，開心地跳起來，手舞足蹈。

他跳到她面前，伸手邀舞，可她搖搖頭，一點跳舞的心情也沒有。

「我自己跳！」他也不以為意，一個人愉快地旋轉。

謝雅真苦笑了下，將臉埋進膝蓋裡，只露出一雙圓圓的眼睛，心裡說不出是怎樣的滋味，快樂卻帶著酸苦，期待又有著不安。

完全陌生的臉，體能一點都不像……

阿樂高興著失而復得的十七歲，而她如此不知所措。

誰能來告訴她，她到底該怎麼辦？

陣陣食物香氣從濟德宮的廚房裡傳出，一盤盤家常菜陸續被端上桌，金勝在拿著筷子，坐在飯桌旁，滿面春風地講電話。

「妳放心啦，美枝，我一定會給她注意的……對對對，我在吃飯，Bye Bye！」

金勝在掛上電話，阿修從廚房端出最後一道菜，走到他身旁。

「金老師啊，是說小真那事情，是不是要讓美枝姊知道一下比較好？」阿修問。

美枝姊是仙姑的媽媽，金老師總是特別交代他們不能讓美枝姊知道小真在廟裡當仙姑，可是他們都不懂為什麼。

「這個山人自有判斷啦，小真是我帶大的，要怎麼安排，我最清楚。」

說人人到，謝雅真恰好在此時推開門簾，走進飯廳。

一見到她，金勝在忙著招呼。「妳是跑去哪裡？快來吃飯啦！」

她捧起碗，腦海裡仍不停想著阿樂的靈魂跑到張宇軒身體裡的事情，站著隨便吃了幾口。

「妳站著吃喔？坐著吃啦，又不是在辦喪事。」金勝在皺起眉頭碎念她。吃飯沒個吃飯的樣子。

「拜託你不要那麼迷信好不好？」要不是怕胃食道逆流，她還想躺著吃飯咧。

「這哪裡是迷信啦？我跟妳說，任何事情一定都有原因。妳知道為什麼辦喪事要站著吃飯嗎？那是遇到人過世，心裡難過，沒辦法坐著，所以才站著吃，Understand？」金勝在逮到機會便要教育一番。

「好啦，知道啦。」她回答得很無奈。她是真的心煩呀，可是又不能和金老師說。

「知道還站著，坐坐坐。」金勝在催她。

阿修跟著坐下，挾了一大口菜到她碗裡。「仙姑，這胡蘿蔔富含維生素A，幫妳顧眼睛，讓妳通靈通更準。」

「我通靈又不是用眼睛通。」謝雅真哭笑不得，左右看了看，卻發現少了一個人。

「阿宏呢？怎麼沒有來吃飯？」

金勝在和阿修互望了一眼，同時往她碗裡拚命添菜。

「這菠菜也有維生素，很好吃，快吃。」

天啊，碗裡都堆成一座山了啦！她疑惑地看向兩人。

轉移話題是吧，他們一定是瞞著她什麼……假鬼假怪。

燭影搖紅，白色燭身落下燭淚。

阿宏跪坐在幽靜典雅的和式禪堂裡，誠懇地向湯勝元表明心意。

「湯老師，你要相信我啦，我不隨便跳槽的。」

「所以，你是被我阿兄趕出來的？」湯勝元低頭寫著字，臉上微笑始終如一，看不出情緒。

「嘿啊，金老師看不得你們宮廟好啦！然後又一直嫌東嫌西。最主要是做那個什麼App，還一直閃退，已經跟不上流行了，我才來你們宮廟啦！」

「我哥怎麼經營，我是不太了解，所以也不好下判斷。不過呢，我知道一般像濟德宮這樣傳統的宮廟，都比較重視這個——」湯勝元在毛筆尖上蘸上濃墨，揮袖書寫。

阿宏歪頭，將湯老師寫好的字念出來。「神。」

「但是我們新型態的宮廟，更重視的，是這個——」湯勝元在紙上寫出另一個「人」字。

「以人為本，不是只有問事處理，而是要看進人最內在的需要，幫助他從根本開始提升。」

「喔。」阿宏瞇起眼睛，好像聽懂了，又好像沒有。

湯勝元朝阿宏微微一笑，親切地伸出手來。

「如果你真的已經決定了，也認同我們理念的話，我歡迎你的加入，希望大家同修愉快。」

「謝謝老師！謝謝老師！」Yes！阿宏立刻回握住湯勝元的手，開心地笑了起來。

換上了聖宇堂的道服，阿宏展開了臥底的第一天。

他拿起掃帚，認真打掃，悄悄偷聽禪堂內的動靜。

「拜託啦，老師，幾個號碼就好了啦！卡債要是再還不出來，我這關一定過不去的啦！」對著湯勝元又磕又求的男信徒蓬頭垢面，落魄潦倒。

「不好意思，我們聖宇堂沒有辦法報明牌給你。」但湯勝元只是搖頭，拒絕得和緩且堅定。

「老師，求你啦！我去那個濟德宮還有其他宮廟，他們都不幫我，老師你是我最後的希望，拜託啦！」

聽到對方提起濟德宮，阿宏趕緊挪近了些，偷偷看過去。啊這不就是之前被仙姑罵兩光的那個信徒嗎？

「老師你看，我今天抽到這個籤：『必然遇得貴人扶』。老師你就是我的貴人啦！幾個號碼就好了，拜託啦！」信徒仍不死心。

「不然，你跟我來。」湯勝元嘆了口氣，旋身走向禪房內室。

阿宏提著掃把，立刻跟過去。

湯勝元從櫃子裡拿出了個四方形的精美錦盒，交到信徒手裡。「我把這個礦石跟四個御守送給你，幫你加持點靈氣和力量，應該可以幫助到你。」

「謝謝老師！謝謝老師！」信徒感激涕零。

「不過，這只是暫時應付而已，你還是要時常回到聖宇堂，和我聊聊你的生命課題，懂嗎？祝福你。」湯勝元雙手合十，虔誠地送走了信徒。

「老師，這樣可以喔？」信徒一離開，阿宏立刻湊到湯勝元身旁。

「一個人會藉由賭博來逆轉人生，歸根究柢就是不相信自己有能力可以改變現狀。我送他那些東西，不見得能讓他回頭，但總要先給他一點力量吧！」

「老師，你突破盲點耶，金老師和仙姑都不理解這種事。」阿宏恍然。

「別這麼說，你們的仙姑一定有她厲害的地方，不然阿兄怎麼會對她這麼寶貝？」

「仙姑是我們濟德宮的活招牌，金老師當然寶貝她啦！可是，仙姑工作時數那麼長，卻只領一點點錢，你就知道金老師有多小氣了，哈哈哈！」阿宏自顧自大笑，笑了好半天，卻都沒聽見什麼回應。

湯勝元眼神一黯，彷彿正尋思著什麼。

「老師，啊我有說錯什麼嗎？」阿宏緊張地問。

「如果真的像你所說的那個樣子，我覺得你現在應該要立刻回到濟德宮去幫忙。你有能力就應該去幫身邊的朋友改變，不是嗎？」湯勝元再度恢復笑容。

他拍了拍阿宏的肩，溫緩的語氣裡卻有股不容拒絕的魄力，教阿宏冷汗涔涔，不敢吭聲。

害啊！這下要怎麼向金老師交代啦？

「奉天之令淨世靈，世間眾靈服天命，弟子金勝在，誠心奉請——」

問事儀式開始，濟德宮裡熱鬧滾滾。

「下一位，來喔！」阿修站在謝雅真身旁引導信徒，維持秩序。

「別過來！」霎時間，一名西裝筆挺的男人抱著頭，神色驚駭地衝破了排隊問事的人龍。

「信昌啊！冷靜點，信昌！」男人年邁的父母跟在後頭追進來，心急如焚。

「被告李國棟先生，請提出你的辯解。」被喚作信昌的男人伸手指著父親的鼻子，疾言厲色。

「信昌啊，我阿爸啦！」

「他是阿爸，我阿母啦！你怎麼變這樣啊？」信昌父母著急地拉住兒子。

「法官，我沒有犯罪，我是被冤枉的！」但男人彷彿聽不到，只是一邊掙扎一邊瘋狂大吼。

「信昌，你這樣阿母會害怕啦！我只有你這個兒子而已……」

男人臉色又是一變，頓時換了種表情。「法庭上不得無禮喔！」

「信昌，你不要這樣啦！我拜託你！信昌……」

三人拉拉扯扯，倉促間碰倒了好幾張板凳，人群四散，議論紛紛。阿修趕緊將謝雅真拉到一旁。

怎麼回事？卡到陰嗎？她打出手結，閉上雙眼——

一陣慌亂間，信昌掙脫了父母親，跑到神壇前自言自語。

信昌的父母親立刻衝到謝雅真面前，朝她千叩萬拜。

「仙姑、仙姑，拜託妳趕快看一下我兒子，他從兩年前就開始變這樣，自從發生這種事情之後，書都讀不下去，考試也考不好，現在變得更嚴重，我們真的不知道該怎麼辦才好……」

「仙姑，他是不是卡到壞東西？」

她皺著眉頭，睜眼又閉眼，重複了好幾遍。

「阿姨，他沒問題。」她有點為難地說出事實。這個人真的沒有卡到陰啊。

「他哪會沒問題？妳現在的意思是說我兒子是瘋子嗎？那是不可能的！我們只有這

個兒子，他從小到大考試都第一名，連左鄰右舍都很羨慕。我們省吃儉用都為了要栽培他，他現在變成這樣，我們什麼希望都沒了……」

「仙姑，我們以後該怎麼辦？」

信昌父母聲淚俱下地拜託，但謝雅真怔怔望著他們，不知該如何是好。

她很想幫忙，卻無力可施，什麼也幫不上。

金勝在趕緊出來救場。「沒啦！剛才仙姑說的可能沒有很清楚，我解釋一下，這應該是靈逼體，靈體受傷去影響到肉體。沒關係，我們一步一步來，祭改部分就交給仙姑，但是肉體部分還是要去醫院，請醫生來看，雙管齊下，比較快好。你們照著這樣做，就不用擔心了。」得用這種說法，這對夫妻才會願意帶小孩去看醫生，不然教他們怎麼接受？

金勝在安慰著傷心欲絕的信昌父母，謝雅真在一旁看著，總覺得心裡一陣難受。

身為仙姑，無論是為了生者、為了亡者，終究仍有自己做不了的事……

好不容易結束了問事，謝雅真回休息室整理書包，金勝在和阿修忙著打掃大殿。

「阿修，打電話給阿宏。奇怪，都不回報是怎樣？」金勝在一邊清潔香爐，一邊交代事情。

「喔。」阿修應聲。

謝雅真剛好走出來，準備回家，被金勝在一把攔住。

「小真，等一下，怎麼愁眉苦臉啊？」金勝在彎身到她面前，見她愁眉不展，猜想她在擔憂信昌的事。「沒事啦！我跟妳說，該做的我們都做了，不該說的我們也沒說，這就是一個做仙姑的考驗啦！需要一種經驗和一種……Sensitive。」

天啊，又來了！她很想崩潰，拉著書包肩帶就跑。

金勝在擋到她面前。「我話還沒講完妳要跑去哪裡啦？我跟妳講啦，像今天那個兒子，他媽媽說他本來都考第一名，啊那性情怎麼會變這樣子？有可能就是本靈不在，外靈趁機會占他的肉體起來——」

「那他的本靈呢？」等等，這是不是有點類似阿樂的狀況啊？她著急地問，忘了自己原本還想開溜。

「我怎麼知道？妳仙姑要問妳啊！我是聽人家講說，七七四十九天本靈沒有回來，肉體整個送人，不見了。」

金勝在的口吻像在講鄉野奇談。沒辦法，這種事他也沒有親自遇過，何況他又不會通靈，這種事是靠電視節目內容和道聽途說來的。

肉體整個送人？那本靈回不來怎麼辦？金老師到底在講真的還假的啦？

怎麼辦？現在應該問問阿樂的事嗎？可是金老師聽起來很不靠譜……

謝雅真臉色變來變去，手足無措，緊張得幾乎能聽見自己的心跳聲。

「奇怪，妳在煩惱蝦米？」這囝仔表情怪怪的，金勝在納悶。

嗡——口袋中的手機突然響起，適時拯救了她。

她拿起手機，快步往廟門口逃。

「小真，我們話都還沒講完妳就要走？好啦！妳要是對靈異節目有興趣，我跟妳說，晚上十二點很多台有重播，妳去看啦！」金勝在對著她的背影大喊。

終於擺脫金老師了！居然叫她去看靈異節目是哪招啦？她平常看鬼還看得不夠多嗎？可見金老師都在胡說八道嘛！

她按下通話鍵，大珮精神抖擻的聲音立刻從那端傳來。

「小真，我跟妳說，曉彤超酷的，她已經把劇本寫好了，而且她明天要帶我們去她媽媽的電視台借道具，那妳就跟張宇軒去宮廟借法器好了。」

「為什麼我要跟張宇軒？」

「我看妳很注意他啊，就讓你們去借吧！」

「不是，那是因為他是阿——」慘了！差點說溜嘴，謝雅真猛然收口。

「啊？」大珮一頭霧水。

「沒事，好啦，我去啦！」她抹掉一滴冷汗。

「那我們明天下午舊團部見囉！」

「好。」

唉……她悶悶地掛上電話，回家途中不禁再次陷入煩惱。

至於仙姑離開後的濟德宮，正上演著一場慘絕人寰的追逐戰。

「生雞卵無，放雞屎有！」金勝在氣到提起鞋子滿場追打回來的阿宏。

阿宏抱頭鼠竄。「金老師，你聽我解釋啦！」

「叫你去臥底，什麼都沒拿到，還被趕回來！」

「金老師，不是我！賣打我啦！」阿修跟著一起跑。

兩人乾脆跑到神明面前，撲通跪下搬救兵。「媽祖保佑！」

月娘彎彎地掛在夜幕上，笑望眾生心事。

06 投射

「好大喔！」

「太豪華了吧！」

「曉彤，妳媽好厲害喔！」

話劇社眾人在詹曉彤的帶領下走進電視台大廳，驚呼連連。

恢弘的建物、整片的玻璃帷幕牆、光可鑑人的地板、大得不可思議的接待櫃檯，來來往往的全是光鮮亮麗的職場人士，太氣派了！

「曉彤！」一位留著鬈髮、幹練美麗的女性踩著高跟鞋走到他們面前。她身上一襲俐落優雅的套裝，看起來簡約又知性。

「媽媽。」詹曉彤推了推眼鏡，小聲地喚。

「阿姨好！」大珮、鳥哥、胖達和小龜跟著喊人。

「你們都是曉彤的同學啊？歡迎歡迎，曉彤說你們要借道具對不對？不用客氣，隨便看。」詹母親切地說。

「謝謝阿姨！」太罩了吧？長得又漂亮！有這種媽媽不知道該有多好？大家同時流露出既崇拜又羨慕的表情。

「我跟曉彤講一下話。」

詹母將女兒拉到一旁，立刻換了一張臉。

「詹曉彤，不是說借個東西嗎？帶這麼多同學來幹嘛？道具給我保管好，弄壞我怎麼跟人家交代？」詹母嚴厲地瞪著女兒。

「好……」詹曉彤唯唯諾諾，頭垂得更低了。

「挺胸！講幾百遍了，女生駝背有多難看啊？我去跟黃伯伯講一下，你們等等想借什麼道具就跟黃伯伯說，登記一下就好了。」詹母說著，一邊重重拍了下她的背。

詹曉彤趕緊把背打直。

「曉彤，照顧一下同學。那阿姨先去忙，Bye Bye！」詹母轉頭向話劇社眾人粲然微笑，優雅地踩著高跟鞋離去。

「阿姨再見！」話劇社眾人愉快地朝詹母揮手。

一旁的詹曉彤挺著僵直的背，目送母親離去，一動也不敢動。

B1、B2……隨著電梯緩緩下降，鐵柵門被唰一聲地拉開，宛若巨大洞穴一般的道具庫映入眼簾。

幾乎直達天花板的層架，每一層都擺放了滿滿的道具。造景、家具、雕刻、武器、交通工具……各式各樣的景片、東西方物品琳瑯滿目、應有盡有，牆上還掛著「美術組道具班」的標誌，一看就很厲害，驚呆了詹曉彤以外的話劇社眾人。

「天啊！好酷喔！」

「從來沒看過這麼大的電梯欸！」

黃伯伯走在前方，和藹地為他們帶路。「各位同學，這裡就是道具庫，你們挑好道具後再跟我說，黃伯伯先去忙了。」

「謝謝黃伯伯！」

黃伯伯一走，大家立即雀躍地在每條走道裡穿梭、挖寶。

「導演，我覺得妳可以先看看妳想要什麼感覺。」鳥哥獻殷勤似地圍繞著大珮。

「好多時鐘喔！我有靈感了！」

「你們看，這東西我在電視上看過，快過來看！」

「曉彤，妳媽好罩喔！」

「就是啊！」

大家七嘴八舌，興奮得不得了，一邊閒聊，一邊將合意的道具挑到手裡。

驀然間，角落裡的一個陳舊道具箱吸引了小龜的注意。

那道具箱上繪製著精緻的圖紋，在幽暗的倉庫角落中看起來十分華麗而神祕。

他情不自禁走過去，悄悄掀開上蓋，眼睛也隨著蓋子打開的角度越睜越大——一尊雕刻得栩栩如生的彩繪神像出現在他面前，腳踩單輪，手指天地，好不威風。

「小龜，你在幹嘛啊？」發現小龜脫隊的大家回頭來找人。

小龜得意洋洋地舉起手中神像。「你們看，我找到這個。」

但……喀一聲，神像右手突然脫落，小龜驚嚇地看著地上的殘臂，臉色大變。

鳥哥不以為意。「那不錯，拍片可以用得到，帶走。」

「可是……祂手已經……」小龜捧著斷臂神像，手足無措。

「沒差啦！帶走。」

「我們再去看還有什麼可以用的。」

大家滿不在乎，興高采烈繼續往前走。

「等我一下啦！」小龜只好抱著神像，趕緊追上。

很快地，大家手上都抱著一大堆戰利品，鳥哥眼睛一亮，倏然指向前方的攝影棚。

「欸欸欸，你們過來看一下，那裡的燈是亮著的，會不會有明星在裡面？」

「真的假的啊？」大家聞聲看去，果然寫著「六號攝影棚」的門是開著的，裡頭透出光線。

「走，我們過去看看！」

「這樣好嗎？」

「哎喲，只是看一下而已，沒關係啦！」

話劇社眾人難掩期待，興沖沖地往六號攝影棚走。

同一時間，張宇軒也滿心期待地來到了濟德宮。

謝雅真站在廟門口，已經等了他好一會兒。

「到了，謝啦！」張宇軒捧著一盆花，興高采烈地從摩托車上下來，對騎車載他過來的女子道謝。

「等等，宇軒，安全帽。」女人喊住他，動手幫他脫安全帽，甚至還伸手幫他翻了翻領子，拍了拍他肩膀才離去。

那是誰？他們怎麼這麼親密？是張宇軒的媽媽嗎？不對，好像太年輕了？謝雅真疑惑地想，明明知道應該沒什麼，可是心裡有點不是滋味。

「走吧。」她面無表情地掉頭就走。

「欸！」張宇軒突然伸手按住她肩膀。

他閉著雙眼，模仿她通靈時的模樣，煞有介事地說：「我好像感覺到一股強烈的吃醋氣場喔。」

他在說什麼啦？她盯著他，臉頰發燙，不知該作何反應。

他笑嘻嘻地把盆花塞到她懷裡。「剛剛那是宇軒的花藝老師啦！這是她教我的，要送給妳的。」

「喔……謝謝。」她一愣，看向懷裡的花，雖然很想克制，嘴角卻不禁往上翹。這是她第一次收到花，好漂亮！而且還是自己男朋友送的……

「喜歡嗎？」看她好像很高興，他也很開心，卻忍不住嘀咕。「但我真搞不懂為什麼張宇軒要上花藝課？」

「可能要培養藝術氣息吧？」她跟著笑，領著他走入濟德宮。

原來小真工作的地方長這樣啊？張宇軒很好奇地左右張望。

「我來拿話劇社要用的東西喔！」她走在前頭，簡單向坐在廟門邊忙碌著的金老師打招呼。

「西搜米……」夭壽，這串英文怎麼這麼難念？金勝在對著電腦愁眉苦臉。

「Schizophrenia（思覺失調症）。」張宇軒走過去，輕鬆將單字念出來。當然，身為無國界醫生的兒子，常關注爸爸的工作，英文和醫學名詞對他來說不是太難的事。

金勝在立刻喊住他。「年輕人，來來來，你再念一次，我聽一下。」

「Schizophrenia。」

「你要幹嘛啦？」發現張宇軒竟然被金老師拖住的謝雅真大驚失色。

金勝在眉飛色舞地將便條紙推到張宇軒面前。「你幫我寫下來，還有你的名字、電話、地址、FB，聯絡得到你就可以。」太好了！這樣以後再遇到不會的英文，就有幫手了！

「好啊。」知道金勝在是很照顧小真的長輩，張宇軒聽話照辦。

謝雅真皺著眉頭走過來，瞥了眼金勝在的電腦螢幕。「幹嘛突然在看這個？」頁面上是一大堆專有名詞和學術文章，都是關於這個思覺失調症的。

「妳忘記了喔？前幾天不是有一個精神狀況不好的信徒嗎？我就用電腦查了很多跟精神醫學、心理有關的，想說要推薦那對老夫妻去，幫人幫到底啊。」

金勝在的話說完，張宇軒也恰好寫好便條。「寫好了。」

「謝謝、謝謝！」金勝在開心地收下，才後知後覺想到。「啊你是誰？怎麼會跟小真一起來？」

「我是小真的話劇社同學啊。」

「話劇社同學喔？好，Classmates，呵呵呵！」金勝在看看他，又看看謝雅真，滿臉耐人尋味的笑。

笑成這樣是怎樣？她都冒汗了。

「好了，我們快去拿道具。」謝雅真急匆匆將人拖進廟裡。

還是別讓張宇軒和金老師有太多交集的好，免得金老師又要催她談戀愛了！

而且，她更擔心讓金老師發現，其實他是阿樂……

備齊了法器道具，謝雅真和張宇軒漫步在前往舊團部的路上。

「怎麼啦？剛剛看妳在廟裡就怪怪的。」望著她若有所思的臉龐，張宇軒忍不住開口問。

「沒有啦，就廟裡面有個信徒啊，他因為考試壓力大，然後精神分裂。」跟他說這件事好嗎？她有點猶豫，講得支支吾吾的。

「然後呢？」

「然後……金老師就說這個很像本靈走丟了，被外靈假冒。」講完之後，她有點尷尬，頭垂得低低的，不敢看他。

張宇軒注視著她欲言又止的模樣，仔細想了想，突然明白她為什麼怪怪的了。

「好像也是耶，我這樣很像小偷，還是什麼邪惡的外靈，霸占別人的身體……啊！」講著講著，他忽然眼一翻，四肢僵直，露出十分猙獰的神情。

「你幹嘛？」謝雅真被他嚇到。

「小真──」他舉起手低吼，如同喪屍般逼近她。

「唉唷！」她都已經這麼煩惱了，他還玩？可是怎麼這麼好笑啦？她想笑又不是很甘願，嘴邊的笑弧卻悄悄出賣了自己的好心情。

看她笑了，他才終於放下心來。

「其實我知道妳的心情，我也一樣。宇軒的媽媽常常問我問題，我都不知道該怎麼回答，看他媽媽滿臉擔心的樣子，我也覺得很抱歉。更何況妳是仙姑，面對這種狀況應該要幫忙處理，妳心裡一定更難受。」換位思考，他完全能理解小真的難處，因而說得十分認真。

是啊，害她最近都不敢直視那塊「正信渡世」的牌匾，總覺得好像自己做錯事……

但是，原來阿樂也很糾結、很內疚……

「不然這樣，我們約定只是借用他的身體，等他回來就還給他。其實，能有這些時間，我就已經覺得很滿足了，再貪心下去，我就變成貪心鬼了。」他輕快地說。

「啊？」她一愣，雖然知道這是應該的，但聽他說得如此瀟脫，內心真有股說不出的複雜。

「既然這樣，我想趁宇軒回來之前，趕快去見一下我爸。本來想說等他們從國外回來的，現在可能等不了了，用張宇軒的身體，我又不知道該怎麼跟他說……還是，妳可以幫我寫信給我爸？」他靈機一動，突然用手肘頂了頂她。

「我？」她睜大眼，不可思議地指著自己。

「對啊，妳是仙姑，講話比較有說服力啊！好不好？」

不是、等等……哪有這樣的？她想搖頭，卻不忍心，這也不是，那也不對，彆扭得不行。

「就這樣決定！走，出發去舊團部！」他雀躍地摟住她，神采飛揚往前跑。

「走！前往攝影棚！」鳥哥領著大家，神采飛揚地跑進六號攝影棚。

攝影棚裡的製作區比想像中的更大、更寬敞，滿是五花八門的天幕燈、懸吊系統，以及酷炫又專業的成音控制台。

無數條由天花板垂降而下的半透明布簾長達地面，搭配著若有似無的光線，錯落有致地布置出一個迷幻神祕的空間。

「哇噻！太酷了啦！」

「在這邊拍一定很厲害！曉彤，這邊可以借嗎？」鳥哥興致高昂地問。

「對欸，如果小真在這邊演驅魔，再加上這個布景，一定超加分！」大珮附和。

「呃……」詹曉彤支支吾吾，有點為難，但看大家都在興頭上，完全不知道該如何拒絕，只好拿起手機，硬著頭皮說：「等我一下。」

她跑到攝影棚外頭，提起好大的勇氣，才終於撥電話給母親。

「喂？快講。」詹母的聲音冰冷地從聽筒裡傳來。

「媽媽，嗯……同學想要借第六號攝影棚。」她緊張地捏皺了衣角。

「不是說只要借道具嗎？怎麼搞到還要借攝影棚啊？」詹母不耐，重重嘆了口氣。

「好啦！我跟黃伯伯講一下，只能用兩個小時，聽見沒？」

「好，我知道了。」

「Bye。」

悶悶的喀一聲，通話便被單方面結束，渺小得連那聲細微的斷線音都比不上。

詹曉彤垮下肩膀，拖著沉重腳步回到攝影棚，謹慎地關上門。

「曉彤，可以借吧？」大家立刻圍繞到她身旁。

「可是……只有兩小時。」她神色不安，很擔心讓他們失望。

「兩個小時夠了啦！」三宅同時歡呼。

「那我先打電話給小真，順便叫她把機器帶來。」大珮馬上拿起手機。

「好，那我們先布置場景。我覺得可以在布後面拍，因為這布是可以透光的，感覺要紫色的……」三宅立即動起來，著手擺放道具。

您好，您所撥打的電話……嘟嘟嘟……

「奇怪，小真電話打不通耶。」大珮納悶嘀咕，再度嘗試。

吱——驀然間，空氣中傳來一陣刺耳的電頻干擾聲，攝影棚裡的燈光也毫無預警地閃爍了一下。

「怎麼了？應該沒事吧？」短暫的黑暗過後，大家你看我、我看你，再看看周圍，心裡有點毛毛的。

胖達突然開口。「聽說這種暗暗的地方最危險了。」

「不要講這種話啦！」小龜打他。

「真的啊，網友都這樣講。」

「好啦，應該只是跳電而已，沒事。」大珮安撫三宅。

「小龜，你是害怕吧？」鳥哥賊兮兮地看著小龜。

「膽小鬼！」胖達起鬨。

「我才沒有怕！」小龜偷偷瞥了眼詹曉彤，不想在她面前丟臉。

「對啦，你沒有……嚇！」鳥哥突然轉身，措手不及朝他飛撲過去。

「啊啊啊！」小龜被嚇出一串尖叫。

「哈哈哈……嚇！」

砰——棚內驟然傳出轟然巨響，大家瞬間靜了下來，十分確定這聲音不是他們當中任何一個製造出來的。每個人臉色都不太好看。

怎麼回事？這聲音哪來的？

這裡明明就沒有別人……還是其實有，只是他們看不到？

「我們還是換個地方拍好了。」鳥哥果斷決定。

「等一下啦！曉彤好不容易才借到攝影棚，這樣就走太可惜了。」再考慮一下啦，大珮依依不捨地說。

「啊就怪怪的啊！」

「換個地方又不會怎麼樣。」

「對啦，快走啦！」

三宅飛快收拾道具，巴不得能光速離開。

「哎喲……」大珮還在掙扎。

看大家意見分歧，詹曉彤舉起手，小心翼翼地問：「那個……小真之前有說過，如果一個地方不乾淨，可以燒艾草跟灑陰陽水。我想拍片可能會用到，今天剛好都有帶……你們要不要試試看？」

清煙緩緩升起，折射著天幕燈光芒的陰陽水珠在空中絢爛地化成弧。詹曉彤拿著蘸滿陰陽水的葉片，誠心地放在面前，默念祈求著大家平安，凌空揮灑。

「好專業，曉彤看起來好罩！」三宅發出讚嘆。

大珮拿著手機，試圖再度聯絡謝雅真。

「這樣應該可以了吧？」確認了每個角落都灑過陰陽水之後，詹曉彤走回大家身旁，扣緊陰陽水的瓶蓋。

「既然曉彤弄得差不多了，我們就趕快拍片，拍完趕快回去了。」鳥哥左顧右盼，還是很想速戰速決。

「好。」

大家才準備開始動作，一條透明布簾倏然從半空中輕飄飄地落下，掉到他們中間的地面上。

怎麼回事？哪裡掉下來的啊？攝影棚的布景有這麼不牢靠嗎？

大家同時抬頭看向天花板，天花板上空無一物……視線拉回地上，那團布卻猝不及防地動了一下，像似被什麼力量掀起的一樣……

開什麼玩笑？明明就沒有風……

滾！

空氣中驟然傳來一聲穿雲裂石般的咆哮，震得每個人身體都瑟縮了下。

那聲音粗啞尖銳，怒氣翻騰，教人冷汗涔涔，渾身都起了雞皮疙瘩，胸口起伏不停，心跳快得好像就要停止。

「你不要鬧啦！誰講的啦?!」臉色發白的小龜立刻出拳打胖達。

「不是我！鳥哥，你不要再開玩笑了啦！」胖達捶鳥哥。

「也不是我。」鳥哥面如死灰，拚命搖頭，問大珮和小彤。「妳們也有聽到吧？」

大珮驚慌失措地點頭。「我們趕快走了啦，不要待在這裡！」

「走，快點！」

「你走慢一點啦！」

大家三步併作兩步，你推我擠地往門口方向奔去。

「門口在這邊嗎？」

「對啊！」

「可是我怎麼覺得好像怪怪的？另一條路才對吧？」

「那條我們走過了啦！」

眾人又是一陣手忙腳亂，七嘴八舌。

詹曉彤再度拿出陰陽水潑灑，大珮則飛快傳著簡訊。

拜託拜託，一定要發出去才行！她握著手機，一遍又一遍按著重新發送。

舊團部外爬滿枯枝藤蔓，林木蓊鬱。

謝雅真和張宇軒在舊團部裡早早搭好了墳場的布景，擺好法器，卻遲遲等不到其他人的出現。

「他們這麼久沒來，會不會放我們鳥？」張宇軒無聊地拿著道具手套揮來揮去。

謝雅真對他的躁動不為所動，奮筆疾書，不知在筆記上寫著什麼。

張宇軒走過去，一把將她的筆記本抽走。「妳在寫什麼啊？借我看一下。」

「注意事項。」謝雅真眨了眨圓圓的眼睛。

「有期限、不公開、要避嫌……」張宇軒一一念出，越念眉頭皺得越緊。

他可以猜到這八成是自己借宿張宇軒身體的注意事項，但為什麼啊？

「有期限？」他挑高眉毛問謝雅真。

「對啊，你現在是借用張宇軒的身體，等他回來就應該要還給他吧？」她理所當然地回答。

有道理，他跟著點點頭，再問：「不公開？」

「是啊，不然你要怎麼跟大家解釋？」

也是，借屍還魂這種事怎麼說都太離奇了，光是說服小真就超不容易，更何況要讓其他人相信？

「要避嫌咧？」他又問。

「你現在是張宇軒，我們不能影響到他的生活吧？」萬一哪天張宇軒回來了，莫名其妙發現自己多了個女朋友，會有多害怕啊？

「可是，這樣我們要怎麼約會？」他抗議。這不能再點頭認同了。

是啊，雖然他回來了，但是身體是別人的，當然無法事事都像從前一樣……

謝雅真低下頭，那股始終壓在胸口的滯悶感越漸加深，再度令她眉頭深鎖。

「我要加一條守則四。」突然，他快樂地坐到她身旁，眼神燦亮地開口。

「什麼？」

他喜孜孜地說：「我不影響他的生活，他也不可以影響我啊！」

「你笑什麼？」他怎麼總是這麼開朗啊？好像沒有事情能難倒他一樣。

不過，這就是她記憶中的阿樂，同時也是她最喜歡的阿樂。

她有多感謝他回到她身旁，就有多難受他始終不是那個原本的何允樂……

「祕密。」他故作神祕。

假鬼假怪。她被他的樂觀逗出一抹笑，眼角餘光卻驀然瞥見手機螢幕亮著，點開訊息——

大珮：小真，電視台這邊怪怪的，妳在哪裡啊？趕快來幫我們。

發生什麼事了？她趕緊回電，可無論怎麼打都打不通大珮的電話。

「怎麼了？」張宇軒注意到她的臉色不對勁。

「大珮他們好像出事了！」

謝雅真立刻拉起他，飛也似地衝向電視台。

層層疊疊的紗幕模糊了眼前的身影與面容，腳下慌亂的腳步聲與額上豆大的汗滴，令他們感覺自己彷彿置身於異界的迷宮。

「學長？」

「曉彤？」

「大珮，妳在哪裡？」

「我在這裡，你們在哪？」

迷宮中，話劇社眾人氣急敗壞地互相喊著彼此的名字，努力尋找身影。好不容易找到之後，深怕走散，幾人緊緊勾著手。

「怎麼會這樣啦？攝影棚才多大而已，怎麼會找不到路？」

「這個手斷掉的神像是我剛才放在這裡的那一個嗎？」

「廢話，手斷掉的神像就只有這一個啊！」

「可是，我們剛剛明明走過去了，祂應該在我們後面，怎麼又變成在前面了？」

「我們是在原地打轉嗎？」

「這是不是網友說的鬼打牆啊？」

「不要胡說八道了啦，快走啦！」

怎麼辦？小真，妳快來救我們啊！大珮牢牢抓著手機，不停祈禱著救星趕快出現。

兩旁的景物不斷快速後退，謝雅真和張宇軒以最快的速度趕到電視台。

「不好意思，我們是復興高中的同學，想來找我們的同學詹曉彤。」兩人氣喘吁吁地衝向櫃檯。

「他們在六號攝影棚，從那個電梯下去後，就會看見了。」

「好的，謝謝！」

兩人搭乘電梯，跑過道具庫，很快來到了六號攝影棚門口。

攝影棚上方的「On Air」燈箱亮著紅燈，大門緊閉。

張宇軒想也不想地衝上前，謝雅真卻驀然停下腳步。

咕嚕——兩人同時都聽見她肚子叫。

與她相視一眼，張宇軒立刻明白是怎麼回事。她肚子叫通常都代表有鬼，攝影棚裡一定不乾淨！他臉色一沉，十萬火急地去轉門把。

「鳥哥！」奇怪，門是卡死了嗎？無論怎麼轉動門把都推不開，他著急地拍門。

全被困住了……攝影棚裡的氣場很不對勁，再拖下去就不好了。謝雅真屏氣凝神地閉上眼，雙掌一翻，手指迅速結了手印——

咦？

她圓圓的眼睛突然睜開，面露疑惑。

「怎麼又回到這裡了?!」

攝影棚內，眾人再度繞回斷臂的神像旁，渾身衣物全被冷汗浸濕了。

不過區區一道門，竟能將兩個空間隔絕得猶如兩個平行世界。

到底誰能來幫幫他們？

喀噠、喀噠——斷臂的神像忽地猛烈搖晃，恍若有自己的意識，碰撞出劇烈聲響。

無數道銀白色光芒挾帶著驚人威壓，一鼓作氣地自神像內衝湧而出，哐鏘一聲，神像應聲碎裂，迸散成滿地殘骸。

被嚇壞的鳥哥大喊：「都是神像的問題，快把祂踢走！」

喀——門把鬆動，方才怎麼也推不開的門霎時如同解除了封印，謝雅真和張宇軒刻不容緩地衝進去。

「不要亂動！」她雷霆萬鈞地擋到碎裂的神像前。

「小真！」一看見她，話劇社的大家同時都鬆了口氣。

她閉上眼，傾聽感知著稍早時攝影棚內發生的一切……

「是誰准你們自己亂作法的？」眼睛睜開，她面色凝重地問，眉頭皺得死緊，似乎正克制著什麼。

怎麼辦？小真聽起來好嚴肅好認真，是不是很嚴重啊？大家偷偷看向曉彤，此時誰也不敢先開口。

曉彤接收到大家的目光，拿著水瓶的手不禁又握緊了幾分。「我以為妳說……可以燒艾草跟灑陰陽水。」

原來就是因為這樣，才會發生這麼危險的事！

關心則亂，她又急又氣，蓄積的火氣通通在此時爆開。「妳知不知道妳這樣會害死大家啊？妳趕它們走，又不開門給它們出去！」

「我、我……」曉彤肩膀一顫，被罵得低下頭，連眼睛也不敢和她對上。「對不起……我不知道要開門……」
環視一聲不吭的大家，謝雅真意識到自己可能反應過度，話說得太重，但又真的很擔心他們胡搞瞎搞，搞出大事。場面一時有些尷尬，她只好蹲下來，撿起碎裂的神像，將剛剛發生的事情說給他們聽。
「你們來到人家的地盤，又不尊重人家，還好有這尊神明保護你們，現在才沒事。」她捧著神像的斷頭及斷腿，非常內疚也非常心疼。
什麼？原來是神像保護了他們嗎？
話劇社眾人面面相覷，頓時都感到有點心虛，他們剛剛還想把神像踢開……
「對不起，我以為祢是邪靈。」小龜向慘不忍睹的神像殘骸道歉。
「對不起，我們不是故意的。」胖達幫忙撿起剩餘的殘肢。
鳥哥和大珮、曉彤紛紛低下頭。
謝雅真環顧剛經歷一場紛亂的攝影棚與大家，牢牢握緊手中的神像。真的慶幸今天還好有祂在，才能保護她重視的話劇社夥伴，讓一切只是虛驚一場。
祂沒說祂是誰，因為人們不同的欲望，祂曾擁有過各式不同的名字。
祂待過大廟，被賭徒追捧過，最後因為明牌報不準，被斷手斷腳後丟棄。
祂比同類幸運一點，逃過風吹日曬雨淋，被賣到美術道具間裡，成為一個道具。
其實，正神或者邪靈，不過都是人世間的一個角色而已，就看每個人如何看待。

當人們跟神明許願，祈求的是什麼呢？平安、財富、健康，還是幸福快樂？

有一句非常古老的話說：心誠則靈。

有什麼樣的信徒，就有什麼樣的神明。如果神明真的做了什麼，那就是讓人們更願意相信自己的選擇。

只有軟弱逃避的眾生，沒有拋棄信眾的神明。

因為人們的相信，才有神明的承諾。真正能承載希望的，還是自己。

07 自私

阿樂爸：

我是小真，好久不見。

有件事想當面和你跟樂媽說，不知道你們最近有沒有時間？

小真

游標停留在信件末字閃爍，謝雅真坐在電腦前，遲遲無法按下傳送鍵。

她知道，想見爸爸是阿樂的心願，但是心願完成，是不是就代表他無法留下了？

身為仙姑，她好像應該趕快把信寄出去，可是……

鈴——手機鈴聲猝不及防中斷她的思緒。

「喂？」

輕快的聲音從那頭開朗地傳來。「小真，我們應該要好好把握時間對吧？我明天去妳家接妳。」

「……喔，好。」

她結束通話，若有所思地望著電腦，決定暫時對閃動著的游標置之不理。

懷抱著希望過每一天，不是件壞事吧？

她希望他能多留幾天，也不算打破規則吧？她只是想珍惜這份得來不易、失而復得的快樂。

再讓她偷一點時間，明天，就明天。

明天她就會把信寄出去了。

微風輕拂，綠波蕩漾。

他們沿著木棧道走著長長的路，共享同一包零食、同一杯咖啡，彷彿連心跳也同步，幸福的約會悄然展開。

「這是我爸第一次帶我來看夜景的地方。」日轉為夜，張宇軒帶著她來到私房景點，坐在鬆軟的草皮上。

他脫下外套，蓋在她因難得穿裙子露出的小腿上。

自從來到這片草地之後，她就有點坐立難安，一直動來動去。不知道是因為太冷，還是草皮扎腿，他想讓她舒服一點。

「謝謝。」拉著留有他餘溫的外套，充分感受到他的貼心，謝雅真微勾的唇角透著甜蜜，可是，看了看周圍，依稀又有幾分尷尬。

「我爸說，重要的地方只能帶重要的人來。」他開心地向她訴說。

「阿樂……其實，這是我第一次出來看夜景。」她眼神飄移，看起來不太自在。

「喜歡嗎？」他喜孜孜地問。

「喜歡。」她捏著腿上的外套，猶豫了好一會兒，還是說了。「可是阿樂……有很多『人』在看。」

「在哪裡啊？」他左右張望。明明他還慶幸今天這裡沒別人，可以好好約會欸。

「我是說……『那個』啦！」哎喲，幹麼要她說得這麼白啦?!她有點彆扭。

他臉色一變，眼睛轉了轉，霎時又明亮了起來。「沒關係，我有辦法。」

「什麼辦法啊？」她苦笑。金老師都關不掉她的陰陽眼，他能有什麼辦法？

他突如其來地俯身靠近她，帥氣的臉龐忽然在她眼前放大，她立刻往後彈開，驚愕得像隻被嚇壞的小白兔。

她目瞪口呆，不知該怎麼辦。

這樣……是不是很像在嫌棄他啊？她沒這個意思，可是……

「對不起。」他抓了抓頭，反而先道歉。是他不好，他又忘記這個身體是張宇軒了。「沒關係啦，現在能牽手就很棒了啊。」

他握住她的手，躺到草地上，仰望著滿天星斗。
望著兩人交纏的手指，謝雅真內心五味雜陳，真不知該作何感想。哪裡棒？但是，跟阿樂完全消失比起來，確實是棒多了……
「妳覺得，這是張宇軒的初吻嗎？」他心血來潮地問。
「不知道欸。」她搖頭。雖然她會通靈，但並不會知道這種事。
「如果是的話，還是留給他比較好。初吻對於一個少男來說，很重要耶。」
他笑了，臉上的神情十分柔軟，似乎正回憶著他們之間的吻。星芒燦亮，如同他眼裡的光，美好得令人無法忽視，可她的胸口卻一陣揪緊，既苦悶又晦澀。
她不知道少男的初吻重不重要，她只知道，她不想超渡阿樂。剛剛，是阿樂要吻她，還是她差點吻了張宇軒？
但她只是想好好再把握一次和阿樂相處的時間……
是不是所有的鬼，都看到了她的自私呢？
她緊握著阿樂的手，感覺今天比昨天更加茫然。

伸手不見五指的黑暗裡，一盞微弱的光源隨著腳步不斷晃動。

披著斗篷的女孩手裡拿著油燈，穿過了貼著符咒的長廊，經過了染著鮮血的雕刻。

夜幕中，邪魅悄然接近，鬼祟的黑影朝她伸出不懷好意的爪牙。

女孩轉頭，與鬼魅正面接觸，露出了個努力想表現出驚嚇的臉——

「好，來，卡！」鳥哥放下攝影機，崩潰大喊。「謝雅真，妳在演什麼東西啊?!那個害怕可以再多一點、再誇張一點，不然鏡頭上都看不出來欸！」

連扮成鬼的胖達和小龜都同時垮下肩膀，真的很無力。

「可是我平常看到鬼，就沒什麼好怕的啊。」謝雅真超級無辜。

「學長，小真已經盡力了啦！」大珮幫她說話。

「要不然這樣，那個驅魔的儀式妳多加一點，像什麼轉圈、結手印，都再華麗一點，這樣才有戲劇張力，看起來才會覺得真的很強，不然妳通靈都怎麼通的？」

通靈？不就這樣嗎？謝雅真閉上眼睛，眉頭緊皺。

鳥哥吐槽。「妳是身體不舒服喔？」

「不是啊，你們也看過我通靈，就這樣啊。」她真是有理說不清。

「太普通了啦，連曉彤那天在攝影棚灑水都比妳有模有樣。」小龜跟著吐槽。

「對啊，上次滿專業的。」講著講著，胖達福至心靈。「啊！還是我們讓曉彤試一次看看？」

鳥哥立刻湊到大珮身旁。「學妹，不然讓曉彤試試看，妳覺得怎樣？」蛤？怎麼變這樣？大珮用眼神徵詢謝雅真的意見，謝雅真無辜地聳肩。張宇軒也關心注意著她的反應。

「曉彤，妳OK嗎？」好吧，既然小真沒有反對的意思，大珮轉頭問詹曉彤。

「學妹，妳很棒的，拿出自信來！」詹曉彤都還沒回應，小龜已經開始鼓勵她。

「學弟，關窗簾，來，我們試試看。」鳥哥隨即指揮張宇軒。

見大家都開始動作，謝雅真脫下身上的斗篷，和道具油燈一起交給詹曉彤。

「……謝謝。」詹曉彤戰戰兢兢地接過，緊張地吞了吞口水。

窗簾拉起，燈光暗下——

夜幕中，鬼祟的邪魅悄然接近，再度朝穿著斗篷的女孩伸出爪牙。

女孩勢如破竹地旋身，雙手高舉在頭頂，做出了複雜華麗的手印，重重地往兩旁的鬼魅頭頂一拍。

「退！」斗篷飛舞，髮辮輕揚，女孩眼神裡透著股吸引人的堅定與魄力。

「天啊，跟魔法少女一樣酷耶！曉彤，妳真的很會演耶！」

「曉彤是最佳女主角！」

「演仙姑就應該這樣嘛！」

三宅樂壞了，圍繞著詹曉彤嘰嘰喳喳。

大珮轉頭問謝雅真。「小真，妳要不要試試看這樣演？」

「不要啦，我就不會啊。」要是她會的話，早就聽金老師的話，三不五時起乩了。謝雅真回應得很無奈。

張宇軒偷偷看了一下她的表情，擔心她因此沮喪。「不會啊，我覺得社長演得很寫實，很好啊！」

「那我們投票決定，看大家是要小真的普通寫實版，還是曉彤的華麗加強版。」

「好啊，先投哪一個？」

「華麗加強版。」

「來，一、二、三……」烏哥點人頭，小龜、胖達，還有他自己，接著，謝雅真默默也舉起手。

大珮和張宇軒不可置信。他們一心想當小真的鐵票，結果事主自己跑票是怎樣？

烏哥高聲歡呼。「四票通過！少數服從多數，曉彤學妹，就決定是妳啦！」

「可是，驅魔的事，我不會……」曉彤急忙脫下斗篷。

「不用擔心啦！社長是專業的仙姑啊，可以教曉彤啦，對不對？」烏哥雀躍地說。他都已經想好對策了。

「可以啊。」謝雅真點頭。反正她演不出來，交給能演的人很不錯啊！

曉彤又驚又喜地看著謝雅真，突然覺得手裡拿著的斗篷有了重量。

「好，那就這樣決定嘍。」

《驅魔少女》新選角拍板定案！

既然《驅魔少女》新選角定案了，新戀情也該定案了，對吧？

社團活動結束後，校園一隅，懷春少年對著蔣公銅像，正在努力練習告白。

「大珮，從妳剛進學校開始，我就一直在注意妳……妳很特別，跟其他女生都不一樣。我書讀得少，但是我只讀得懂妳，蘇珮茹，我們在一起吧！」

他深情款款地握住銅像的手——

「學長，你跟蔣公感情好好喔！」熟悉的笑聲從鳥哥背後響起，大珮憋笑走過。

「我先去準備街舞比賽的東西嘍，Bye Bye～～」

天啊，鳥哥頭撞銅像，想死的心都有了。

「……學長。」

驀地，背後傳來一聲微弱的輕喚。

「幹麼？」傷心欲絕的鳥哥抬頭一看，居然是詹曉彤。

詹曉彤鼓起勇氣。「學長……你想要讓女生心動，可以換別的方式……」

「我不太懂，妳可以再多說一點嗎？」

詹曉彤抿了抿唇，有點緊張。「就是……唔，有點像欲擒故縱。其實，現在你只要等她主動過來找你就好了。我這邊，有一種水晶……其實之前我很沒自信，不太敢跟大家說話，但是後來戴了這個之後，感覺真的有用……送給你。」

她從書包裡拿出準備好的東西，交給鳥哥。

「送給我？」鳥哥吃驚地看著手裡的水晶。

「對，謝謝你在社團這麼挺我。」詹曉彤推了推眼鏡，說得很認真。「但是你要記得，每天看著它，跟它說你的願望。然後，你睡覺的時候，要把它拿下來讓它休息……還有，不要太靠近電器。這樣應該馬上就會有用。」

哇噻！怎麼聽起來這麼酷啊？「謝啦，學妹！」鳥哥感激涕零，動手捶了下詹曉彤的肩膀，差點把她捶飛。

「學長加油。」詹曉彤對他做了個加油手勢，第一次覺得自己如此受人肯定，從沒有如此輕鬆快樂過。

燈籠高掛，街燈漸次亮起，濟德宮的問事時間即將開始，卻一反平日人聲鼎沸的盛況，門可羅雀，冷冷清清。

「老師，我們信徒怎麼少這麼多？」阿宏、阿修在廟門口擔心地問。

「這還要問？一定是那個湯圓把人都挖走了。從小就不學好，鬼頭鬼腦，占人便宜，你們兩個不是都差點被騙過去？」金勝在忿忿抱怨。

「老師，不知道是你給我們騙，還他給我們騙。」

謝雅真換好道服就定位，金勝在立即坐到她面前，虔誠得像個來問事的信徒。「小真，跟妳商量一件事好不好？每個禮拜加開問事一次，零用錢給妳加一百塊。」

「一百塊我給你，少開一天問事。」她答得很快。

「兩百？」

她不為所動。

「兩百五？」

她還是搖頭。

「……好，三百！」金勝在肉痛地說。極限了啦！

齁，不要啦！她揮手趕金老師，第一位信徒坐到她面前。

「仙姑，我最近每天晚上都睡不好，一睡著就做惡夢，還常夢到一個女的，坐在床頭看著我……我好害怕，仙姑，我是不是卡到陰啊？」男信徒頂著兩個大大的黑眼圈，模樣憔悴。

她閉上眼，雙手在膝上結印，過了好半晌，問：「你是不是有戴很多符啊？」

「對啦，仙姑，妳怎麼知道？」男信徒將五、六個平安符和念珠從襯衫裡拉出來，拚命點頭。「網路上買的啦，聽說很靈。」

「你不要到網路上買這些來路不明的符啦！人把自己調整好，自然就會好了啦。」她嘆了口氣，有點傷腦筋。

金勝在趕忙接口。「不是啦，仙姑的意思是說你要求的話，就要來正廟求，這樣才有品質保證。像我們濟德宮裡面，所有的符都經過仙姑加持，有效的話，一個就夠了啦！阿宏，來，你幫這位先生介紹一下。」

「謝謝仙姑。」

阿宏領著男信徒離開，金勝在立刻碎念。「每個信徒來，妳就叫他靠自己、靠意志力，這樣怎麼行啦？還是要請信徒來廟裡走一走，不然神明都沒朋友了啦！」

「喔……」她悶悶地應。

「下一位。」阿修叫號。

一對年輕男女拉拉扯扯地跑上前，吵架的嗓門大得連濟德宮外都聽得見。

「你沒在信這個，帶我來這裡幹麼啦？」穿著紅色中空小可愛，身材火辣的女生氣呼呼地抗議。

「這間廟很靈啦！」染著一頭金髮，脖子上戴著皮繩，看起來痞痞帥帥的男生推著她到謝雅真面前坐下。

這是怎樣？情侶吵架也要通靈喔？謝雅真眨了眨圓圓眼睛，十分納悶。

金髮男生手插腰，立刻告狀。

「仙姑，抱歉啦！她是我的阿娜答，有一件事情要請妳聽看看。明明過幾天我們就要結婚，她沒事硬要去找一個算命仙，說我是雙妻命。我也很倒楣，根本就沒有的事情，她硬要盧啦！然後自己在那邊生氣。」

「什麼盧啊？」女生聞言，氣到從椅子上站起來。「你現在沒有，以後可能也會有啊！我才不要我的婚姻全部毀掉！」

「怎麼會毀掉？珍珍，我這麼愛妳。」

「你愛我?!笑死人了！你知道你昨天晚上怎樣嗎？跟賣臭豆腐的妹妹在拍照，比這個、這個！你比這個是怎樣？」女生比出了個手指愛心，越比越生氣。

「這怎樣？這國際禮儀耶！」

「你整天跟你那什麼乾妹妹、乾姊姊，整天在那咚吱咚吱，你當我腦袋破洞？」

兩人越吵越激烈，簡直把濟德宮當自己家。

「你們到底要問什麼？」謝雅真受不了了，無奈地打斷。

「仙姑，這是我王子傑的人生大事啊！聽說你們廟很靈驗，想請你們幫我證明一下，像我這麼專情的人，哪可能會有雙妻命啦？」

「不要什麼都問神明啦！」她小聲嘀咕，好想喊救命。

「妳忘記神明要朋友喔？」金勝在立刻打了她一下，對信徒陪笑臉。「仙姑請你們坐。請坐，請坐。」

金髮男信徒馬上坐到謝雅真面前。

她雖然無奈，也只得閉上眼乖乖通靈。

情侶兩人戰戰兢兢地看著她，既期待又怕受傷害。

她緩緩睜眼，語重心長。「神明是說，你真的有雙妻命啦，但是——」

謝雅真話都還沒說完，女信徒已經炸開了，對著男信徒又搥又打。「我就知道！王子傑雙妻命啦！」

「哪有可能啦?!」男信徒一邊挨打，一邊怨懟地望著謝雅真。

「不要在神明面前說謊啦！我跟你到此結束！」女信徒哭啼啼地跑走了。

「珍珍！」男信徒追出去，不忘回頭罵。「你們這些人，給我記住！」

到底是在演哪一齣啦？聽人把話說完呀！

謝雅真厭世地垮下肩膀。

好不容易，撐到了快十二點，她拖著疲憊的身心，走到濟德宮外牽車回家。

「仙姑，久仰了。」一道沉穩斯文的男性嗓音在她身後響起。

她頭也不回地往前走。「問事已經結束了，要問改天再來。」

「我不是來問事的。」男人擋到她身前，溫文有禮地遞給她名片。「妳有聽過聖宇堂嗎？這是我的名片。」

聖宇堂？那不就是金老師的弟弟嗎？謝雅真接過名片，睜大眼睛瞪著湯勝元。他跟金老師長得差好多啊，氣質也差好多。

「仙姑，我們聖宇堂現在信眾越來越多了，有很多是從你們濟德宮過去的人，我感覺他們也需要妳。不知道妳有沒有意願，來聖宇堂造福更多的眾生？」

呃？居然是挖角？

她直視著湯勝元的眼睛，不知為什麼，總覺得他雖然很有禮貌，但整個人氣質深沉，有些摸不透，不是讓人很想親近。

「我事情已經夠多了，沒興趣。」她想也不想地搖頭，騎上腳踏車，揚長而去，留下湯勝元一人蕭索的身影。

午夜的風很涼，她騎車經過小巷，邊騎邊胡思亂想。

如果告訴金老師聖宇堂來挖角的話，金老師會不會幫她增加零用錢呢？

可能會喔，然後金老師還會氣得吹鬍子瞪眼，邊加薪邊罵……光是想像這畫面就很好笑，哈哈！

「Surprise！」

前方躥跳出的黑影猛然擋住謝雅真的去路，差點將她從腳踏車上嚇翻。

「對不起。守則四，把握時間和自己的女朋友相處。」因為在學校要避嫌嘛，張宇軒抓了抓頭，笑得很抱歉。

「這麼晚了你怎麼還可以出門？」她吃驚地問。

「不要問那麼多啦，下來，我幫妳牽腳踏車。」

「喔。」她聽話照辦。

他一手牽車，一手牽住她，與她沐浴在滿是月華的街道上。

「我覺得鳥哥他們今天真的很過分，明明妳才是演得最真實的。」他似乎是漫不經心地說著，牽著她的手卻緊了幾分。

她一愣，搖頭表示不在意，心裡卻有點甜甜的，懂了。

大概是擔心她因此不開心，所以才特地跑來的吧？

真好，阿樂永遠都是這麼溫暖，永遠都能讓她感到不孤單……

「對了，妳有發現鳥哥哪裡怪怪的嗎？」他突然朗朗笑開。

「有嗎？」她一頭霧水。

「這麼明顯欸！鳥哥喜歡大珮啊！他一直在大珮面前表現自己……學長，帥啊。」

他手抵在下巴，擺出了個很浮誇的耍帥Pose。

她被男孩滑稽的舉止逗笑，卻後知後覺地想起了一件事。「啊，難怪他前幾天來跟我要符……」

「妳有給他嗎？」

「當然沒有啊。」她皺眉，超不懂為什麼他會問出這問題。

「為什麼？」他也超不懂。

「不是啊，這種事情應該要靠自己嘛！」她說得很理所當然。神明需要管到告白也太累了吧？

他想了想，突然湊近她，笑了。「也是，像我也是靠自己。」

「在說什麼啦！」她低下頭，臉頰紅撲撲的。

他笑得更開懷，心情極好。「對了，過幾天就是Alice的演唱會，我們這次不能再錯過了。」

「嗯。」她點頭。

「我爸的信妳寄了嗎？」

「啊？喔……嗯。」她支支吾吾地應了聲，明明很心虛，很想如實告訴他，卻不知該如何啟齒。

她是這麼喜歡他，這麼捨不得他……到底要怎樣才能放下？

假如，他能留下的時間，也能更長，就好了……

紗門往後滑動，露出了溫馨明亮的室內空間。

「打擾了。」男孩站在玄關，對於首次來到女朋友家這件事顯得有點手足無措，但又十分開心。

謝雅真有點彆扭，指向沙發。「坐啊。」

「新家很溫馨欸。啊，妳的吉他！」他環顧四周，在角落發現了她的吉他，興沖沖地拿起，模仿她的搖滾茱麗葉。

「嘛咪嘛咪吽、羅密羅密歐！」

天啊！殺了她吧！謝雅真羞窘到不行，轉身想往屋子裡逃。

他大笑著抓住她手臂。「哎喲，小真，我覺得很可愛啊！妳這學期應該有練新歌吧？」他將吉他塞進她懷裡。

「幹麼？」她納悶，耳朵還熱熱的。

「我都沒有聽妳好好彈過一首歌。」

「這麼突然是要彈什麼啦？」

「拜託。」

「喔……」看他這麼誠懇，她登時就心軟了。

她坐下來，將吉他抱在懷裡，仔細調音。

溫柔的旋律悠緩地響起，似乎慢了時間，將所有的美好都停駐在這一刻，也停留在他們互相注視著對方的眼底。

彈著彈著，已經忙了一天的她漸漸不敵睡意，眼皮越來越重，竟然就這樣抱著吉他在沙發上睡著了。

哈哈，太可愛了吧？

他小心翼翼地挪開吉他，為她蓋上毯子，還將手機拿出來，拍了張她的睡臉。

好了，可以回家了！等等，留個字條給她好了。

他想拿桌上的紙筆，不料卻碰到旁邊的筆電，休眠的螢幕瞬間亮起，那封本該寄出的信蠻橫地跳入他視野，戳破了謊言。

他彎身看著那封信，螢幕上的藍光映照在他臉上，同時也冰涼了他的心。

為什麼？她明明說信已經寄了的啊？

為什麼要騙他？她明明是比任何人都更明白他有多思念爸爸的人。

他將游標緩緩移動到傳送鍵上——

太多的為什麼擾亂了他的思緒，令他忘了本想留字條給她的念頭，只能狼狽地逃離這場難堪。

08 心願

阿樂，你昨晚什麼時候走的？

阿樂，等下話劇社見喔！

阿樂，剛大珮說你社團請假，你還好嗎？

謝雅真神思不屬地盯著手機螢幕。

為什麼才過了一晚，她發的訊息全部都是已讀不回？

天啊！難道是氣她昨晚不小心睡著，或是她說了什麼夢話，還是做了什麼很沒形象的事嗎？

「來，大家各就各位。這邊準備好囉。三、二、一，Action！」

話劇社的宣傳影片正在如火如荼進行著，可她的心思卻完全無法集中。

「卡！OK，不錯，曉彤很好。」一個長鏡頭結束，大家同時鼓掌。

「小真，妳看曉彤演得好好喔……欸，妳在看什麼？」大珮湊到她身旁。

謝雅真趕緊把手機螢幕關掉。「沒有啦！」

「小真，以妳仙姑專業的角度來看，妳覺得曉彤演得怎麼樣？」

「差不多啦，但我是不會像她那樣。」她聳肩說實話，不是很在意，沒發現詹曉彤悄悄往她這裡投來一眼，默默低下頭。

「戲劇效果就是要誇張啊，這樣才夠明顯，對不對？」大珮推了推她。

天台見

手機叮一聲跳出訊息。是阿樂！

她趕忙拿起書包。「大珮，我有點不舒服，我想先走。」

「妳還好吧？」大珮擔憂地問。

「沒事啦。」

「好啦，那妳快回去休息，路上小心喔。」

詹曉彤望著謝雅真匆匆走遠的背影，頭垂得更低了。

大家都說她演得好，然而真正的仙姑卻不認同她……

沿著階梯一格格地往上跑，謝雅真握著手機，推開天台的門。

張宇軒背對陽光而坐，臉色陰鬱。

怎麼了？他為什麼怪怪的啊？她小心翼翼地走到他身旁。

「妳為什麼沒有幫我把我爸的信寄出去？」他抬頭看她，聲音和臉色同樣陰沉。

「如果妳不想幫我的話，沒有關係，可以跟我說一聲，但妳為什麼要自己做決定？」

怎麼辦？他發現了……謝雅真嚇得僵在原地。

是她不好，她應該坦白告訴他的，但是……

「阿樂，對不起……我不是不想幫你，可是、可是……」謝雅真心急想解釋，越努力卻越說不出口，反而紅了眼眶，圓圓的眼睛裡全是淚花。

她該如何告訴阿樂，若心願完成了，他很有可能會消失？

又該如何告訴阿樂，因為她的自私與恐懼，所以她捨不得完成他的心願，捨不得讓他離開？怎麼辦？

望著她泫然欲泣的委屈模樣，他胸口一緊，驀然覺得自己反應過度。

「沒關係啦，我已經把信寄出去了。」本來就是他拜託她幫忙，他不該感到不愉快的，反正信寄出去就好了。

「什麼？」她不敢相信耳朵聽見的，如遭雷擊。

她驚嚇的表情同時也嚇到他，他不解地問：「怎麼了嗎？」

「你這樣……你這樣不是也自己做決定了嗎？」

笨蛋阿樂！這樣的話，他……她……

她傷心欲絕，難過地跑離天台。

雨滴沿著屋簷一串串落下，落進地上的水窪，轉瞬被吞沒消失。

謝雅真坐在濟德宮側門，抬頭望著充滿陰霾的天空，覺得這場雨簡直下在她心裡，濕濕冷冷的，不知何時才會停。

「仙姑，有信徒！快來！仙姑，有聽到嗎？」大殿上傳來阿宏的叫喊。

她抹了把臉，整理收拾了心情，起身走回廟裡，大殿裡鬧哄哄的。

「金老師拜託，他撿到我女兒的紅包——」

「可是，是一個外國人，我們又不會講英文，金老師，怎麼辦啦？」

一對夫妻和幾個中年人慌張地拜託金勝在，而金勝在和阿宏、阿修汗如雨下，一位金髮藍眼的外國人被他們圍在中間，神色不安，不知在說些什麼。

「小真，來來來，妳會講英文嗎？」金勝在看見她像看見救兵。

「會啊。」她還沒搞清楚狀況，以為就是平常金老師搭的那種基礎單字，想也不想地回答。

「她會說英文啦！English、English。」金勝在一把將她推到外國人面前。

「Hi, I am sorry, can you help me? I've been travelling here from California and found this red envelope. This is my first time in Taiwan. I don't know what it means. Is this like a reality show or something? I don't know what's going on? They brought me to the temple, can you help me?」（抱歉，妳能幫我嗎？我從加州來旅遊，在路上撿到這個紅包，這是我第一次來臺灣，我不知道這是什麼意思。這是什麼實境節目嗎？不知道怎麼回事，他們就把我拉來廟裡，妳能幫我嗎？）

外國人張口就是一串英文，說得又快又急，差點沒把她嚇壞。

「跟他講，快點。」

「仙姑拜託！」

謝雅真臉色發青，根本有聽沒有懂。慘了，要不要打電話給大珮？可是大珮這時間在練舞耶！

夭壽，小真這囝仔根本不行嘛！

她還沒反應過來的時候，金勝在已經拿起她放在一旁的手機，翻出張宇軒留給他的便條紙，二話不說地搬救兵。

我有急事需要你幫忙。

收到小真訊息的第一時間，張宇軒就衝到濟德宮來了，可是直到走進廟裡，他都還搞不清楚發生了什麼事，謝雅真臉上的表情和他同樣茫然。

他怎麼會突然出現在這裡？

小真怎麼一副不知道自己會來的樣子？

兩人明明白天才吵過架，應該還有點尷尬，偏偏此情此景如此荒謬，令他們也來不及搞清楚狀況，而始作俑者金老師已經熱絡地將張宇軒拉進廟裡。

「張宇軒，來，給你表演機會，Show time，你做翻譯。」

「拜託，幫我們跟他說，他撿到紅包，一定是我女兒挑的啦。」

「I don't understand. Is this a prize?」（我不懂，這是什麼獎品嗎？）外國人拿著紅包，滿臉困惑。

不認識的陌生人和外國人同時圍到張宇軒身旁。

張宇軒左右看了看，消化了會兒，終於理解是怎麼一回事。

「Yes, the prize is...her daughter.」（對，獎品是……他們的女兒。）張宇軒盡責地翻譯。

「What? Her?」（什麼？她？）外國人瞪大眼，指著謝雅真。

「No……a dead one. It's a folk tradition, would you please stay and help them?」（不是，是他們過世的女兒。這是個民間習俗，你可以留下來幫他們嗎？）

他試著對外國人解釋。但外國人聽完，飛也似地起身要逃。

「拜託你，你先留下來！」

「拜託，請你坐，先聽我們講！」

一群人慌慌張張地懇求著這個外國人，誰也聽不進誰說話，只是吵吵嚷嚷的，場面十分混亂。

怎麼辦？她能做些什麼？他們的女兒在這裡嗎？她有什麼心願嗎？

謝雅真閉上眼睛，專注結印，感知尋找——

「你們的女兒……是不是常戴著一串珍珠項鍊？」

中年婦人又驚又喜地接話。「對，那是昀心，那項鍊是我送給她的！」

廟裡倏然捲來一陣狂風，吹滅了桌上的燭光，彷彿在回應著婦人。

昀心的家屬七嘴八舌，急切地問：「昀心是不是有話要說？」

「她要跟我們說什麼？」

謝雅真徐徐睜眼，有點為難地開口。「她說，她有話要單獨跟他說。」

她的目光停留在面前的外國人身上，張宇軒附耳對外國男人解釋。

「What?」（什麼？）外國男子大驚失色，渾身冷汗。

將外國男子和張宇軒領進禪堂，謝雅真在他們面前坐下。

她將紅包內寫著「張昀心」生辰八字的紙片和照片拿出來，轉述張昀心的話語。

「她說，她其實根本不想結婚，可是如果不結婚的話，她就走不了。」

「走不了，為什麼？」張宇軒疑惑地問。

「因為她父母想看她結婚啊。」

「她父母幹麼一定要逼她結婚？」

「做父母的就是希望自己的兒女可以被照顧啊，所以就希望看她有——」

眼看著他們自顧自地聊起來，外國男子連忙打斷。「What did she say?」（她說了什麼？）

張宇軒總算想起自己是來翻譯的了。「She said her parents want her to get married.」（她說是她父母希望她可以結婚。）

「So she doesn't want to get married, why doesn't she tell her parents?」（既然她不想要結婚，為什麼她不直接跟父母說？）

「She doesn't want her parents to know.」（她不想讓父母知道。）

「Why?」（為什麼？）

對啊，為什麼啊？張宇軒也不明白地問：「如果她不想結婚，為什麼不想讓她爸媽知道？」

「她希望讓她父母覺得，她死後也是有人照顧的，不想讓父母擔心。有的時候，不只是離開的人，活著的人也是需要被照顧的。」

活著的人也需要被安慰……

張宇軒一邊翻譯，語氣越低，幽幽地看著小真，突然間有點自責。是他不好，只顧著完成自己的心願，卻忘了照顧小真的心情。

「So I have to marry a female ghost? I have a lover, can you help me?」（所以我必須要娶個女鬼嗎？我有另一半了。你們可以幫我嗎？）

「他說什麼？」謝雅真問。

張宇軒遺憾地說：「他說他有愛人了，希望我們可以幫他。」

這樣啊？謝雅真有些失望地靠向椅背，驀然間，又猛地彈起來。

啊，有了啦！她有個大膽的想法。

夜市裡熙來攘往，人聲鼎沸。

謝雅真和張宇軒穿梭在五花八門的攤位間，找了好半天，才終於找到那個「雞排王子」的攤位。

王子傑坐在攤位裡，眼神空空地看著手裡的婚紗照，連客人來了都沒發現。

「老闆，我要一份雞排。」張宇軒出聲。

王子傑終於有了反應，但一見到他身旁的謝雅真，立刻板起臉來。

「妳怎麼還有膽子來啊？妳知道我被妳害得多慘嗎？妳現在是要來嘲笑我？還是要我去祭改補運？」

「你冷靜點聽我說，那天神明是說你真的有雙妻命沒錯，但是，人最重要的是信念，神明的意思是叫你們兩個不要再亂吵架了啦！你不信神明，也不信自己，這樣是有比吵架好喔？」

「吵架？我連她的人都沒有看到，要怎麼跟她吵架？妳知道，我多想再跟她吵一次架嗎？」

聽到這裡，白天才吵過架的謝雅真與張宇軒對望，不禁有點慚愧。

老天爺明明多給了彼此一段時間，他們居然這麼不珍惜，把時間浪費在爭執而不是相戀……張宇軒悄悄地在攤位下牽起了她的手，牢牢握在掌心。

「你們知道為什麼我那麼愛她嗎？」王子傑將婚紗照舉高到他們面前，難過地望著照片上笑得甜蜜的女人。「我沒有錢，沒有背景，也沒有學歷，像我這種人，根本沒有資格談戀愛，更不用說結婚……但是，她從來都沒嫌棄我。我王子傑牽起她的手，就不打算放開，結果咧，現在沒有她，我的人生根本就沒有意義。我現在跟她唯一的連結，就剩這個了啦！」

他拉開背心，露出胸口上的人像刺青。「我把她刺在這裡還不夠嗎？就因為那什麼雙妻命，把我害成這樣！」

他恨恨地捶了捶胸口。最苦的是有氣卻不知道該向誰發洩。

「其實，我有一個辦法啦，只是不知道你願不願意試試看……」

謝雅真提起勇氣，將那個大膽的想法告訴王子傑。

「就是，你可以娶一個鬼新娘。我知道這個方法很難接受，但鬼新娘可以化解你雙妻命的難題，你也可以幫她完成家人最後的心願。雖然這樣看起來，你娶了兩個人，但其實其中一個已經不在了。」

王子傑的表情簡直像看到鬼。這……這太超過他的常識了吧！

「真的，我可以向你保證，鬼新娘不會糾纏你們。心願完成之後，它就會離開，絕對不會影響到你們的婚姻感情……」

王子傑聽著聽著，挑高眉，仔細思考她的話，警戒而懷疑的表情逐漸鬆動——

充滿童趣的氣球如同泡泡般，飛揚在以粉白色紗幔布置的婚禮會場。

婚禮背板上的新人笑容如花綻放，一場簡約唯美的戶外婚禮於焉展開。

「王子傑先生，你是否願意在所有親友面前，答應尊重她，愛護她，直到永遠？」

「我願意。」

「宮主珍小姐，妳是否願意一輩子愛護他，守護他，直到永遠？」

「我願意。」

「現在兩人正式結為夫妻，你們可以秀出你們的婚戒，讓大家知道你們今天正式結婚囉。」

舞台上的新人甜蜜地高舉他們戴著婚戒的手，謝雅真和張宇軒坐在台下，注視著婚禮的進行，不禁也感染了幸福氣息。

會場一隅，張昀心的牌位被家屬放在竹籃裡，撐著黑傘遮蔽。

張昀心的父母坐在賓客席上觀禮，同時，今天也是他們女兒的出嫁之日。

婚禮主持人主導著儀式進行。「今天，我們的新人也有些話想和大家說，現在，有請我們最美麗的新娘致詞。」

穿著白紗的新娘接過麥克風，幸福洋溢地笑著。「很開心，今天大家來參加我們的婚禮，我爸爸媽媽都說我脾氣差，嫁不出去啦！」

台下的賓客同時都被逗笑了。

「我猜，爸媽應該是捨不得我才這樣說。每一個任性的女兒，都有很牽掛她的父母，就算我一個人能過得很好，他們還是希望有人可以照顧我，跟我作伴……」

台上，新娘致詞仍在持續，和煦微風揚起粉色紗幔，一道戴著珍珠項鍊的半透明身影悄悄地出現在婚禮會場。

「爸爸、媽媽，感謝你們把我撫養長大，我很知足惜福了。請你們放寬心，未來的人生，我會努力讓自己幸福，多謝你們。」

張昀心一步步走向自己的父母，跪在他們身前。

謝雅真望著這一幕，心裡有點酸酸的。

她想，無論在台上或台下，陽間或陰間，或許，所有的女子都擁有著相同的心聲吧？想要幸福，想讓愛自己的人們放心，以及想跟心愛的人一直在一起……

「爸爸、媽媽，謝謝你們。」

迎面又是一股清風，逸散了張昀心的身影與淚水，離去前，留給謝雅真一抹感激的微笑。

心願已了，大概是所有通靈人最希望聽到的四個字。代表又一個因執著而困惑的靈魂，得到解脫，放下了，自由了。

但，如果是阿樂要走，「放下」對她來說，是世界上最沉重的兩個字。

09 牽掛

話劇社社辦裡，巧克力包裝被撕開，空氣中瀰漫著一股甜甜的氣息。

坐在道具棺材裡的張宇軒將巧克力遞給謝雅真，臉上掛著比正午陽光更燦爛的笑。

「謝謝你。」她接過巧克力，不是很確定地想，這算是阿樂想與她和好的表現吧？

自從他們兩人在天台吵過架後，雖然中間經歷了撿紅包與雙妻命的插曲，但兩人並沒有好好談過這件事，阿樂應該……已經不生她的氣了吧？

「小真，冥婚的那個女生，真的心願了了，就會離開嗎？」

她一愣，拿著巧克力，默默低下頭。

果然是這樣啊……他眼神望向遠方，旋即笑開，將目光拉回至她身上，精神抖擻地向她道歉。

「對不起，沒有考慮到妳的心情。就像妳說的，活著的人也同樣要被照顧。我不應該只在乎自己想要的。」

阿樂……總是這麼體貼又善良，她充滿感激地搖頭，還有點心酸。

「啊！」驀然間想起了什麼，他大喊了一聲，拿出口袋裡的演唱會門票，確認日期。「Alice的演唱會！」

「啊？」她湊過去看，天啊！不就是王子傑結婚那天嗎？

「結果這次沒遲到，直接忘了去。」他哈哈大笑。

望著他爽朗的笑顏，謝雅真也跟著笑了。

笑著笑著，想起她也有重要的事情，必須告訴他。

「阿樂，其實……我要跟你道歉。對不起，明知道見爸爸是你的心願，但我卻沒有把信寄出去……或許，你就是因為這個牽掛，所以才留在這裡，沒有離開。」

牽掛啊？或許吧？

他真的很想再見爸爸一面，可是……

他嘆了口氣，若有所思地躺進棺材裡。

社辦外頭，一個綁著辮子、戴著眼鏡的女孩恰好經過，頓了頓，透過窗戶聽著裡頭的動靜——

「阿樂，既然你現在回來了，我就應該要好好幫你完成心願。信寄出去了，你爸應該就會回來了。雖然我不知道該怎麼做比較好，畢竟只有我知道你的存在，但我一定會想辦法，讓你和他們見面。」

阿樂？

綁著髮辮的女孩踮腳朝內張望，可無論怎麼看，社辦內都只有謝雅真一人。

她露出疑惑的表情，貓步離去。

「吼，社長最近到底在忙什麼啊？每次都她最晚來！」

「對啊，都不知道小真最近在忙什麼？」

舊團部裡，三宅絮絮叨叨地準備著攝影器材。

坐在角落裡的詹曉彤看大家聊起謝雅真，插入話題。「……我今天中午有在社辦，看到小真跟阿樂在聊天。」

「阿樂?!」三宅同時瞪大眼，胡亂猜測。

「還是我們學校也有人叫阿樂？」

「應該不會吧？」

大珮阻止他們。「學長，你們不要亂猜啦，等小真來再問她。」

說曹操，曹操就到。這一刻，謝雅真和張宇軒同時走進舊團部。

「嗨，學長，我剛和社長在路上偶然遇到。」

為了避嫌，張宇軒特地澄清，可三宅根本不在乎他說了什麼。鳥哥直衝到謝雅真面前興師問罪。

「謝雅真，為什麼阿樂回來妳不說？妳要知道，阿樂不只是妳一個人的朋友，也是我們的朋友啊。」

怎麼回事？謝雅真和張宇軒交換了個疑惑的眼神，兩人同樣茫然。

「曉彤說看到妳跟阿樂在聊天。」小龜說。

她吃驚地看向詹曉彤。怎麼可能？

詹曉彤推了推眼鏡。「我是真的有看到妳跟阿樂在聊天啊……」

她到底看見什麼了？她知道阿樂現在附身在張宇軒身上嗎？不對……曉彤的反應看來不是這樣。

她在說謊？為什麼？還是中間有什麼誤會？

謝雅真心裡閃過許多念頭，偏偏無法說出事實，十分為難。

「等一下！學妹，妳是真的看到嗎？」小龜突然意識到這件事，興沖沖地跑到詹曉彤身旁。

「哇，太酷了吧！平常那麼安靜，沒想到那麼厲害。」胖達跟著圍過去。

「學妹，所以妳送給我的水晶是真的喔？」鳥哥也加入。

「我們話劇社有兩個仙姑耶，可以宣傳。」

「學妹，妳是從小就會通靈嗎？」

「小真，妳也太不夠意思了吧！這一次還是曉彤看到才跟我們講。」

三宅七嘴八舌地纏著詹曉彤，而一旁的謝雅真和張宇軒的表情十分複雜。

「小真，所以阿樂真的回來囉？」趁著三宅沒注意，大珮偷偷將謝雅真拉到一旁，悄悄地問。

這……她該怎麼說呢？謝雅真苦笑聳肩，不點頭也不搖頭。

「妳還好吧？」這麼複雜的表情是怎樣啦？大珮推了推她。

「沒有啦。」

「好啦，那妳有什麼事情一定要跟我說喔。對了，我那個街舞比賽啊，再過兩天就要比了，妳會陪我去吧？」

謝雅真還沒答應，大珮突然想起什麼，慌慌張張地把手中提袋塞給她。

「慘了，我手機放在教室忘了拿，妳幫我保管這個，等我喔！」

「喔，好。」她抱著大珮的提袋，荒謬地望著話劇社裡正發生的一切，哭笑不得。

當一個仙姑，不只通靈難，解釋難，更難的是，有種真相說不出口，萬不得已的口是心非。

電視台的透明電梯徐徐下降，玻璃門扇滑開，一道幹練美麗的身影從中走出，翩然來到詹曉彤面前。

「拿來啦？謝謝喔。」詹母接過女兒手中的東西，塗著大紅色口紅的雙唇優雅地發號施令。「我事情還沒有忙完，不能回去陪妳吃飯。冰箱裡有我昨天燉的雞湯，妳把它熱來吃……怎麼啦？」

看女兒一副欲言又止的模樣，詹母皺起眉頭。

詹曉彤抿了抿唇。「唔……我是想要跟妳說，我當話劇社的女主角。」

「那很好啊！那應該要高興啊，怎麼這種表情？」詹母的眉頭皺得更緊了。

「我……唔……有一個同學，我不知道要怎麼跟她相處。」

看到她整句話都是對著地板說的，詹母立刻就來氣了。

「什麼叫做不知道該怎麼跟她相處？詹曉彤，我真的很討厭看到妳這個樣子，畏畏縮縮，一點自信都沒有。她欺負妳是不是？」

詹曉彤怯怯搖頭。

「如果人家欺負妳就要反擊啊，自己在那邊心情不好什麼啊？不要等到什麼資源、機會、朋友都被人家拿走了，然後才在那邊哭，想要什麼就去爭取啊！」忽然，詹母的行動電話響起，她瞥了眼螢幕，頭也不回地轉身就走。「好啦，我不跟妳講了，我還有事情沒忙完，冰箱的湯記得要喝，到家打電話給我。」

詹曉彤愣愣地站在原地，母親說的話像石子，在她心湖裡投出陣陣浪花。

戴著眼鏡的辮子女孩低著頭走在校園裡，不知從哪裡跑出來的鳥哥忽然從一旁跳到她面前。

「學長？」詹曉彤穩住踉蹌的腳步，差點心臟病病發。

「學妹，這次模擬考，學長有件事情想要麻煩妳。」

「模擬考？好、好呀！」詹曉彤不明所以，還以為是要幫忙整理筆記之類的。

「就是現在！」鳥哥興沖沖地推著她往前跑。「快，還有很多學長姊在等妳喔！」

什麼？詹曉彤一頭霧水地被帶到學校頂樓。

一群拿著筆記與參考書的高年級學長姊圍在一起，嘰嘰喳喳，應該已經等她很久了，看見她來，眼裡隨即竄出無數星星。

「學妹，拜託，這一次只有妳可以救我們！」鳥哥滿臉期待地將她按到擺滿課本的座位上。「學妹會通靈吧？既然這樣的話，幫我們預測一下模擬考題，這件事情對妳來說，應該一點都不難吧？」

鳥哥將課本塞進她手裡，一群人隨即鼓譟起來。

「很簡單吧！放輕鬆。」

「救救學長姊，不要有壓力。」

「大家上次都考得很爛，妳盡量幫我們感覺一下，好不好？」

這……怎麼辦？詹曉彤一頁頁翻著書，額頭冒汗，不知該如何是好。

可時間一分一秒地過去，周遭的人逐漸失去耐心。

「鳥哥，她到底行不行啊？你不是說她會嗎？」

「不是說比謝雅真厲害嗎？」

「根本騙人吧！」

鳥哥趕忙出來打圓場。「冷靜冷靜！她在感應啦！」

「怎麼這麼久？」

鳥哥也被問得壓力很大，小小聲地推了推詹曉彤。「妳不會就說，學妹。」

她……她額角的汗一顆顆滴下來。

她沒有騙人……她有看到謝雅真和阿樂在聊天……

不要等到資源、機會、朋友都被搶走了，然後才在那邊哭……

想要什麼，就去爭取啊！

「一五三……」指尖停在某一頁，一個細如蚊蚋的聲音飄出來。

「等一下，她講話了。」終於！鳥哥覺得自己得救了。

太帥了！小龜拿著手機，將這值得紀念的一刻錄下來。

「第一冊，一五三。」
「還有嗎？」
「六十三……」
「第二冊！」
通靈猜題，風起雲湧地在頂樓進行著。

香煙裊裊，信徒眾多，濟德宮裡的問事時段照常進行著。
「喂？」利用中場休息的謝雅真接起手機。是大珮。
「小真，上次請妳幫我拿的提袋呢？妳不小心帶回家了喔？」
「啊？對喔，哈哈哈！我忘記拿給妳了。」那天居然就一直拿在手上，大珮也忘了問，就這麼陰錯陽差地被自己帶回來了。
「那是我比賽的衣服耶。」
「是喔？那比賽那天我帶去給妳。」
「好啊，妳要記得喔！」
阿修跑過來催促。「仙姑，開始了，信徒在等了，要過來了啦！」

「好啦，那我先去忙喔！Bye Bye！」她趕緊結束通話，跑回大殿。

「來，下一位，請坐。」

回到座位上時，一位身著黑色套裝的女信徒在她面前坐下。

「仙姑，妳好，我聽說你們濟德宮很靈驗，我想要找一個人，請問妳可以幫我嗎？」女信徒十分有禮貌，講話的聲調穩重徐緩，讓人很舒服。不過，雖然她臉上化著淡妝，卻無法遮掩她眼下的青色暗影，神情有些憔悴。

「妳說。」謝雅真點點頭。

「他是出車禍走掉的。」

謝雅真閉上眼，雙手結印，開始感知周遭是否有女信徒想尋找的靈。「他跟妳是什麼關係？」

女信徒深呼吸了一口氣，沉痛地說：「是我把他撞死的。」

謝雅真一愣，有些訝異地睜眼。

「我不認識他，我只記得，那一天是四月十六號。他騎著單車，是一個復興高中的學生。」

四月十六號？騎著單車？復興高中的學生？

謝雅真的眼睛越睜越大，當中迅速變換過驚訝、憤怒、不甘、心痛、絕望……種種情緒。

那是她這輩子都不可能忘記的日子。

那天是Alice的演唱會，也是她生命中最黑暗的一天。

一場意外帶走了阿樂，或許，就是眼前這位，酒醉肇事的駕駛……

就是她……如果沒有她的話……

她臉色發白，雙手握拳，覺得自己連一刻都待不下去。

「方小姐，抱歉，請問妳要找的那個人叫什麼名字？」盡責的阿修拿著紙筆例行記錄，沒有想到當中的關聯。

「他叫——」

砰！謝雅真霍地起身，迅雷不及掩耳地跑走，留下面面相覷的信徒，竊竊私語，不知道發生什麼事。

金勝在很快反應過來，擔憂地瞥了一眼禪堂，主持秩序。

「各位信眾，抱歉，仙姑身體不舒服，我們今天就到此為止。你們先登記一下，拿號碼牌，明後天再過來，歹勢啦！阿宏、阿修，快幫大家登記一下。」

仍坐在椅子上的女信徒滿臉疑惑地看著金勝在。

「歹勢，這位小姐，仙姑身體不舒服，沒辦法幫妳忙，妳要不要改天再過來？」

女信徒皺起眉頭，總覺得似乎有哪裡怪怪的。

「請問，仙姑剛剛是不是感應到什麼？」

「這是天機，只有仙姑知道，我不可能會知道啦！」金勝在抹了把額角的汗。「阿宏，這小姐的電話地址留一下。」

「好。」阿宏聽話地跑過來。

「大家不好意思，我們這個號碼牌先給你們，下次來就可以直接開始，不用等。」阿修也忙著發號碼牌，安撫其他信徒，濟德宮裡頓時變得亂哄哄的。

而宮外廟埕，穿著制服的少年渾然不知廟內的騷動，哼著歌，等著身為仙姑的女朋友下班。

忽然間，從廟中走出的一道黑色身影吸引他的注意。

他認得她。

當初，他的身體倒在血泊裡，還搞不清楚狀況的靈魂孤單無依地飄蕩在一旁。

那時，他其實看見了，她心焦如焚地跑回來救他……

可是，她在這裡做什麼？

少年提起腳跟，毫不遲疑地跟上去。

「仙姑，別傷心啦！」

「齁，什麼別傷心？她男朋友被酒駕的撞死，怎麼會不傷心？酒駕耶！我最討厭酒駕了啦！」

濟德宮內，送完信徒們離開的阿宏與阿修圍著謝雅真團團轉，試圖安慰她。

她抱著已經收拾好的書包往外走，腦子一片空白，決定什麼也別想，趕緊回家。

「好啦，不要講了啦！」金勝在打斷阿宏與阿修，喊住謝雅真，語重心長地說：「小真，妳怎麼想，我是不知道啦，妳要做什麼決定，我也沒辦法。但是我跟妳講，做我們這行的，正信渡世，就像醫生一樣，沒辦法選病人啦。」

什麼沒辦法選病人？那是害死阿樂的殺人凶手，而且是通靈才造成阿樂的死，現在她還要心平氣和地幫凶手通靈，當凶手的心理諮商師嗎？

自己沒有對她惡言相向，沒有指責她，還算不上「正信渡世」？

為什麼總是這樣，為什麼總是要先想著別人，不能為自己想？

光顧著渡別人，那誰要來渡她？

她一言不發地望著金老師，眼眶裡全是薄薄的淚花，逞強不願落下。

唉，算了啦，再怎麼說，小真都還只是個囝仔……

「好啦，快回去休息。」金勝在擺手，重重地嘆了口氣。

謝雅真頭也不回地衝出去，跳上腳踏車，拚了命地猛踩踏板。夜晚的風在她耳邊張揚地呼嘯而過，卻吹不乾她頰畔的淚，更喚不回她想要的從前。

家暴義務諮詢律師方凱倫，十年救援數十家庭。

斗大的新聞標題下，寫著一樁樁感動人心的救援案件，配圖中的方凱倫手裡拿著一張小朋友用注音寫著「謝謝」的繪畫，笑得甜美溫暖。

午休時間，在天台與謝雅真碰面的張宇軒用手機滑開了這則報導，舉高到她面前。

「小真，我昨天在濟德宮外面碰到撞死我的人。」

感覺心臟被狠狠撞擊了一下，她皺起眉頭，不明所以地看著他。

「我跟著她一路到她公司，才知道原來她是個律師……回家之後，我查了很多關於她的資料。妳看，她專門處理家暴案件，然後，她還幫這些小朋友——」

「阿樂！」謝雅真猝不及防地打斷他。

「啊？」

她面無表情地搖頭，將臉埋進膝蓋裡。「我不想知道這些。」

就算那個人是個多好的人又怎樣？阿樂也是個很好的人呀……

她還沒有做好心理準備，也或許她永遠都不會做好心理準備，總之，她目前還不想聽，不想面對自己仍然放不下。

他放下手機，沉默了會兒，蹲到她面前，直視她的眼。

「小真，自從我回來後，妳就一直不敢談論我的死亡，其實我也是。但妳不覺得，我們逃避太多東西了嗎？我真的很想要搞清楚，她到底是怎樣的人。」

她只是別過頭，眼淚毫無預警地掉下來，胸口陣陣抽疼，彷彿在提醒著她曾受過怎樣的傷。

她怎麼會不知道……可是她不想面對啊！

「小真，妳可以陪我去找她嗎？」男孩望著她，眼裡充滿著勇氣與堅定。

她咬住下唇，不知該怎麼拒絕。

當阿樂本人都想好好面對這件事時，她要如何拒絕？

下班時間的台北車水馬龍，熱鬧非凡。

放學後，謝雅真與張宇軒兩人來到一棟氣派的辦公大樓，走進了方凱倫工作的律師事務所。

「你好，不好意思，請問有什麼事情嗎？」櫃檯助理詢問他們。

「我找方凱倫律師。」張宇軒吞了吞口水，有點緊張。

「請問你們有預約嗎？」

兩人同時搖頭。

「不好意思，我們這邊要先預約才可以進行諮詢。」

「喔……謝謝。」兩人尷尬地互望一眼，轉身離去，彼此都說不清是鬆了一口氣，還是有點遺憾。

「不好意思，請問是何允樂的同學嗎？」驀然，身後有道腳步聲追上來，一位衣著光鮮的女子喊住他們。

謝雅真和張宇軒停下腳步，納悶地點了點頭。

女子望著他們身上的制服，謹慎地問：「我是方凱倫的同事，請問你們找她是……」

10 意外

抬腿、旋腰、展臂、揮棒——轟！

棒球凌空畫出拋物線，猛烈撞擊著棒球打擊場內的牆壁，彷彿挾帶著無從宣洩的怒氣與情緒。

張宇軒揮棒，方才聽見的話語一遍又一遍地在他耳邊不停迴盪——

「自從方律師酒駕之後，幾乎她所有的案主都很關心她現在的狀況。我並不是想幫她說話，但她那天，其實是為了處理家暴案，才會陪案主喝了一點酒。」

「一個每天睜開眼就為了受害者在奔走的人，如今卻成了加害者，真是情何以堪……不論她幫過再多人，一條人命就是一條人命，我看她這輩子，恐怕是很難原諒自己了。」

「其實，她真的是個很善良的人，如果沒有發生這種遺憾的事情就好了。」

展臂、揮棒——轟！

用盡全身力氣，不知經歷了第幾次的揮棒，他才後知後覺地發現身後那個一直陪著自己的女孩不知何時已經消失，悄悄退到了場外。

「我發洩完了，換妳。」他將球棒遞到若有所思的謝雅真面前。

謝雅真搖搖頭，表情有些空洞。

他坐到她身旁，看著她憂鬱的眉眼，輕聲說：「其實車禍那天，她有回來救我。」

她抬頭看他，說不清自己的心情究竟是什麼。

憤怒，是不是比原諒來得容易多了呢？知道越多關於方凱倫的事，越捨不得責怪她，心裡卻越難受……

張宇軒想了想，釋懷地笑了。

「我知道要怎麼處理律師這件事了，用妳的超能力，告訴阿樂要放下。」他伸手摸著她的頭，就像以前一樣。

可謝雅真笑不出來，反而更加難過。

她悶悶地說：「要是我不會通靈的話，今天這些事情也都不會發生。」

在宮廟裡，她常告訴信徒，事情發生了，勇敢面對總會找到解答。但是今天自己才明白，這到底有多麼地難。有些事，光用講的真的很容易，很愚蠢。

所有的事情都是因她而起的，她怎麼能不怪自己？

拖著疲憊的身心回到家，拿出一整天都被自己忽略的手機，謝雅真才發現竟然有數十通大珮的未接來電……

慘了！她看了一眼牆上的日曆，心瞬間沉到谷底。

「那是我比賽的衣服耶。」

「是喔？那比賽那天我帶去給妳。」

「好啊，妳要記得喔。」

裝著大珮比賽衣服的包包直到此刻都還在她房裡。

對不起，大珮……她挫敗地將自己扔到床上。

每一件事，她都搞砸了。

隔日一早，破天荒提早到校的謝雅真戰戰兢兢地走進教室。

「早！」一邊吃早餐一邊滑手機的大珮若無其事地和她打招呼。

「早……」她小心翼翼地看著大珮，鼓起勇氣道歉。「大珮，昨天不好意思，因為宮廟有事，所以我就……」

「沒關係啊！我知道妳很忙。而且烏哥、曉彤他們都有來，曉彤還幫我解決了衣服問題，所以妳不用放在心上，沒關係。」

大珮說得這麼輕鬆，分不清是真的還假的，謝雅真有點擔心，還想再說些什麼，但大珮眼角餘光捕捉到某個身影，興沖沖地從座位上站起來奔過去。

「曉彤！這個給妳，謝謝妳幫我解決衣服的問題。」大珮興高采烈地跑向詹曉彤，不知道塞了什麼東西給她。

「謝謝。學長他們是今天考試嗎？」

「我不知道欸。」

教室的那一頭，詹曉彤和大珮兩人愉快地聊了起來。

這一頭，謝雅真默默聽著她們聊天，有點難過地趴到桌上，別過臉去。

放學後，張宇軒陪謝雅真走到濟德宮，兩人各懷心事，一路上都沒有多說話。

一見到謝雅真，阿宏、阿修急急忙忙地從濟德宮裡衝出來。

「仙姑、仙姑！」

「今天那個律師事務所有人來找妳耶。」

「找我？」她一頭霧水。

「就上次那個方小姐啊，她不知道跑去哪，他們公司的人都聯絡不到，說是什麼地方都找過了，很緊張。啊他們知道她前陣子有來問事，就跑來問。」

怎麼會？她心一沉。

「仙姑，啊她這樣突然消失，會不會是想不開啊？」

「對啦！仙姑，還是我們主動去聯絡她？她上次有留電話地址，妳看，在這邊。」

阿宏拿出之前方凱倫寫的便條紙，交到她手裡。

「仙姑，妳有能力就幫助她一下啦！不然如果她真的出什麼事，這樣是我們見死不救耶，又多一條人命，對不對？人命關天，我們賠不起啦！」

阿修也很著急，兩人七嘴八舌的，直到廟裡有信徒來了，這才趕緊跑進去忙。

怎麼辦？自己該怎麼做？

雖然阿宏、阿修走了，周遭恢復了安靜，可謝雅真的心卻靜不下來。

她低頭看著手上的便條紙，始終拿不定主意，驀然間，一隻手臂橫過來，牽起她往外走。

「我們去找她。」

一直在旁邊聽著的男孩堅定地點著頭，做了決定。

「何允樂有話想說，想請仙姑幫忙。」

兩人循著便條上的地址，來到方凱倫居住的社區。

男孩拉著謝雅真在中庭花圃旁坐下，鄭重地對她傾訴這幾天，自己歷經了許多心理轉折，才終於思考出的結論。

「小真，我有話想請妳幫我跟她說。請她不要再自責和內疚了，也不要再折磨自己了，過去發生的那些事情，是沒有辦法改變的。活著的人，才是最重要的。」

他深呼吸了一口氣，平穩寧靜地開口，謝雅真一邊聽著，眼眶卻無法克制地泛紅，鼻頭很酸。

「千萬不要因為我的死而改變自己，妳一直在用妳的方式幫助別人，我希望，妳可以繼續用這些方式去幫助更多需要幫助的人。」

這是他內心想對方凱倫說的話，也是想對小真說的話。

他揉了揉謝雅真的頭髮，笑了。「小真，妳也是。我沒有怪妳，所以，妳也不要再責怪自己了。」

他笑得很溫柔，她卻被他逼出滿臉淚水。

原來，原諒自己，和原諒別人一樣，其實都很難、很難……

叮咚、叮咚——每聲門鈴都像扔進海裡的石子，悄無回應。

張宇軒附耳貼在方凱倫家的大門上，裡頭全無聲響，拍了幾下門板，仍沒應答。

「她好像不在裡面。」

喀鏘一聲，樓梯間安全門似乎傳來金屬碰撞的聲響，兩人相望一眼，隱約有股不好的預感，決定過去看看。

拾級而上，一路來到頂樓，角落裡有個燃燒過東西的金爐，剛剛的聲音大概就是金爐被推到牆緣撞出的聲音，迎面還飄來一張燃燒不完全的紙張。

張宇軒撿起一看，是小朋友畫的圖，上頭用注音寫著的「謝謝」已經被燒掉大半。

他認得這張畫，這是小朋友送給方凱倫的畫……

不好的預感越漸擴散，拿著畫的手幾乎在微微顫抖，男孩眼光來回梭巡，很快地找了那個站在高處的憔悴人影。

「喂！」他十萬火急地跑過去，謝雅真跟著他一起跑。

方凱倫披頭散髮，眼裡全是血絲，神情空洞地站在圍欄旁，甚至已經脫了鞋子，恍若全沒發現他們的到來……

「妳在幹麼?!」謝雅真衝上前，氣急敗壞地大喊。「妳不會是想死吧？妳以為死就可以解決問題嗎？妳以為只有妳很難過嗎？妳憑什麼用這種方式解決問題？」

自殺根本就無法一了百了，只是單方面逃避而已，更何況她還有那麼多案主，還有那麼多事情要做，怎麼能因為罪惡感，就想自私地拋下這一切？

就算她死了，阿樂也不能真正活過來了！真的想彌補的話，那就懷抱著罪惡感去贖罪啊！用更多的善意與努力去幫助更多需要的人，而不是怯懦地以死逃避！

這具備震撼力的話語讓失魂落魄的方凱倫轉回身，終於發現他們的存在。

男孩拉了拉謝雅真的手臂，給了她一抹微笑。

她知道，他要她冷靜一點，他要她幫忙說出他想說的話……

她深呼吸了一口氣，憋住所有的不甘、委屈與眼淚。

「妳不是想要我幫妳通何允樂嗎？」

方凱倫失焦的眼中總算出現了一絲微弱的光芒。

「他要我跟妳說，不要再因為他的死感到自責跟內疚，因為過去的事情已經發生了，沒有辦法再改變。很多人因為妳的關係得到了幫助，他希望妳不要再因為他的死，停止去做對的事情。」

謝雅真顫抖著，用盡全身力氣地說，說給她聽，也說給自己聽。

眼淚滾滾落下，滌清的究竟是誰的內疚，誰的自責？

「他希望妳可以幫助更多的人……他說，他已經不再怪妳了，也希望……妳不要再怪自己……」

男孩走上前，將那張半毀的小朋友繪畫交給方凱倫。

雖然，上頭有著難以磨滅的傷痕，但是，曾經得到的感謝永遠不會消失。
只要還活著，只要不放棄，就還有希望，還有機會能彌補。
「對不起……對不起……對不起！」
方凱倫抖著手接過畫，彷彿失力一般地跌坐在護欄旁，失聲痛哭。

兩人走回家的路上，望著他長長的影子，謝雅真主動伸手拉了拉他的衣角。
「阿樂，謝謝你……」
他停下腳步，衝著她微笑，一把將她摟進懷裡。
「謝謝妳，幫我說了我不能說的話，妳超棒的！」
只是一句這麼簡單的話，卻有著好大的力量。
這個世界上，還有多少人因為自責而被困住的呢？
她算是很幸運的吧？還有人陪著她一起面對。
只是，她是不是忽略了，其實有人比她更難過，這些煩惱對他來說，都是奢侈？

模擬考結束的日子，歡樂氣氛在詹曉彤的座位旁轟然炸開。

「詹曉彤，妳真的很厲害耶！模擬考題目都被妳猜中了，妳猜對超多題的。」

「學妹，妳一戰成名耶！妳看妳的通靈猜題影片留言數這麼多，點閱率這麼高，而且粉絲倍數成長，重點是，熱搜第一名耶！」

「學妹，這個飲料請妳，上次考試的事情，謝啦！」

三宅和幾個學長姊們圍繞在詹曉彤身旁，歡欣鼓舞，興奮個沒完。

「學妹，晚上慶功，怎麼樣？」鳥哥靈機一動。

「好，慶功！」大珮開心地附和。「我剛收到簡訊，我的街舞比賽晉級複賽了！」

「很強耶！太好了！根本雙喜臨門嘛！」

「那就今天晚上八點，唱歌！」

大家講定後，大珮快樂地朝謝雅真喊過去。「小真，妳要不要去？慶功宴！」

謝雅真抬起臉來看向他們。不知道為什麼，總覺得他們那裡洋溢著一股自己無法走入的氛圍。她默默搖頭。

其實，今天濟德宮不問事，她應該可以去的……

「不要那麼掃興啦！每次都缺妳耶！」三宅鼓譟。

「好啦，學長，小真最近比較累，我們不要勉強她，好不好？」大珮永遠都會替她解圍。

「好吧。」

她悶悶地趴回課桌上，釐不清自己紛亂的心情，只覺得自己和大家的距離似乎拉得越來越遠。

難得不用問事，她放學後直接回家，滑開手機點了外送。

「Surprise！」

門鈴響起，她打開鐵門，張宇軒的身影毫無預警地跳進來，差點沒把她嚇壞。說好的外送呢？怎麼是他啊？她手上拿著要付的餐費，完全無法反應。

「你怎麼跑來了啊？」謝雅真愣愣地望著他。

「張宇軒的爸媽今天不在，我想說過來陪妳，守則四啊。」他開朗地笑。

「喔……」她彎身拿了雙拖鞋擺到他面前，側身為他讓出走道。「給你穿。」

「謝啦！」他換好拖鞋走進門，和她一起在沙發上坐下，拿出書包裡的東西。「其實，我還想給妳看這個。」

「什麼？」她眨了眨圓眼。

「我昨天在張宇軒的床下，發現他的日記。妳看，我覺得，他好像過得很不開心，而且很討厭自己的身體。」

昨晚，結束了一整日的奔波與疲憊，他洗好澡躺在床上，沉澱自己既失落又羨慕其他人仍活著，還能煩惱的矛盾心情。

一個不慎手滑，棒球滾進床底，他從床上跳下來，趕緊探手進去撈——

一本藏在床底的筆記本和棒球同時觸到他的指尖。

這什麼？他皺起眉頭，打開筆記本，一頁頁地翻著，臉色也越來越凝重。

此時，他將日記翻開給她看。淺色的頁面上是密密麻麻的字，用紅筆、黑筆，凌亂而撕裂地抒發著許多情緒。

你們永遠不會懂！這是我的命！

每個人都戴著面具！讓我自生自滅！

重要東西消失的聲音……

一張夾在書頁中的照片掉出來，是張宇軒和父母親在營帳旁的合照。

想和爸媽再去露營

想在溪邊玩水

想看星星

能再一起出去該有多好
為什麼要這樣對我
為什麼老是要說我怕你受傷
為什麼我有一個讓人這麼擔心的身體
我討厭這個身體我討厭這個身體我討厭這個身體我討厭這個身體我討厭這個身體我討厭這個身體我討厭這個身體我討厭這個身體我討厭這個身體我討厭這個身體我討厭這個身體我討厭這個身體我討厭這個身體我討厭這個身體我討厭這個身體我討厭這個身體

每一筆一畫都像是用盡力氣，幾乎要將書頁畫破，彷彿連紙張上都能透出森然恨意。謝雅真吃驚地看著這些文字，有點不寒而慄。

這究竟是多重的情緒、多深的苦悶……

「我在想，如果他不想要這個身體的話，我要。我要用這個身體活下去，這樣才可以繼續跟妳在一起。」

什麼？她愣住。

她當然也很想一直跟阿樂在一起，但是……

「小真，如果想要用這個身體留下來的話，妳有沒有什麼方法？」

她悶悶地垂下眼，心情複雜的同時，也被他問倒了。

她也是第一次碰上借屍還魂這種事，哪會知道有什麼方法？

可是、好像、會不會有可能……

「我是聽人家講說，七七四十九天本靈沒有回來，肉體整個送人，不見了。」

金老師說過的話驀然跳進她腦海。

不對、不行！她趕緊搖搖頭，擺脫心中的異樣念頭。

叮鈴——門鈴聲驟然響起，兩人同時看向大門。

謝雅真猛地回神過來。「我剛剛有叫外賣。」

「我來。」張宇軒起身走到玄關，拉開大門。

「Surprise！」

一個提著行李的中年女人出現在門後，興高采烈地歡呼，還做了個很大的鬼臉。

張宇軒一愣。

中年女人也愣住了，和張宇軒大眼瞪小眼，又探身出去看了看門牌。奇怪，沒有走錯啊？

謝雅真聞聲從屋內走出來，這次是真正地嚇壞了。

「媽?!」

11 祈求

「媽?!妳怎麼回來了啦？」謝雅真大驚失色地走到媽媽身旁。

「我回來陪妳呀！」陳美枝說得理所當然，指著張宇軒問：「他是誰？」

「他是我同學啦。」她有點尷尬，臉頰和耳朵都熱熱的。

「阿姨好，我叫張宇軒。」男孩十分有禮貌地應答，笑容燦爛。

小真的媽媽和她很像，頭髮短短的，個子嬌小，有雙圓圓的眼睛和娃娃臉，看起來很討人喜歡。

「你好。」美枝將張宇軒從頭看到腳。

「阿姨，我幫妳拿。」他注意到地上的行李，主動幫忙提進屋。

「謝謝，好貼心喔！」美枝走進屋子裡，越打量張宇軒越滿意。不過，現在還不是鬆懈的時候，她微微瞇起眼。「你們……剛在幹麼？」

總不能說在看張宇軒的日記吧？謝雅真和張宇軒心驚，趕緊交換了個眼神。

「看劇本！」

「討論功課！」

齁，怎麼這麼沒默契啦！謝雅真很想昏倒。

「看劇本和討論功課。」張宇軒立刻救場。

美枝看看男孩，再看看女兒，臉上的笑容有點耐人尋味。

「你們……是在交往嗎？」

謝雅真想叫救命。「媽！妳在說什麼啦?!」

「阿姨，我晚上還要補習，那我先去補習囉！」張宇軒決定逃跑。

「用功的學生真好。快去、快去！」

「謝謝阿姨，阿姨再見！」落荒而逃的男孩匆匆跑出門，又匆匆折回。「不好意思，我書包忘了拿。」

謝雅真手忙腳亂地將書包塞給他，砰一聲關上大門。

「害羞什麼？談戀愛是正常的，不要太過頭就好了。」看他們的反應，八成就是在交往吧？美枝哈哈笑。

「什麼啦？」啊啊啊她不要聽！謝雅真想跑。

美枝一把將她拉住，捏了捏她的臉。「妳好棒喔！」

「啊？」什麼好棒？

「他也是媽的菜，長得好立體喔！不愧是我的女兒。」

「不是啊，媽，妳回來也不先跟我講一下。」太悲憤了！她放棄抵抗，面紅耳赤。

「妳不是怪我上次落跑嗎？」美枝得意地說：「這次我跟我的老闆請假一個月，我要回來陪我的女兒。」

一個月？媽媽很久沒待在家這麼長時間了，她有點驚喜。

美枝塞了一大包東西給她。「媽買了禮物要給妳，妳看看有沒有喜歡？」

什麼啊？她打開袋子，一一將裡面的東西拿出來。

面膜、乳霜、鑰匙圈……怎麼都是這些有的沒的啦？她在心裡偷偷碎念媽媽，可是其實很開心。

「趕快換衣服，我們出去吃飯。」美枝拉起行李回房。「對了，找時間我也要打電話給金老師，請他吃個飯，謝謝他照顧妳……天啊！謝雅真，妳房間怎麼這麼亂？這樣以後怎麼嫁得出去啊？」

經過謝雅真房門口時，美枝發出了全天下媽媽都會有的崩潰聲。

慘了！

「我收，我現在收！」她拋下禮物，十萬火急跑回房間，手忙腳亂地把道服藏起來。啊，還有校刊！塞進棉被裡好了，她風風火火地將一切該藏的東西都藏好。

真是的，要隱瞞自己當仙姑，又要掩護鬼男友，到底還有多少事要解決？謝雅真頭痛地想。

棒球場上，投手準備，打擊手就定位。

鏗——男孩揮棒，漂亮地打擊出去，他拔腿狂奔，在被接殺前猛地撲向壘包，四肢貼地，滿身塵土。

「你這樣練……身體還好吧？」場邊的謝雅真趁著張宇軒走過來時，擔憂地問。

「沒事，我有循序漸進，也有隨身帶藥，教練才答應讓我跟他們一起練習，而且我想好戰術囉，只求安打，不求長打。」他快樂地說。「我以後要用張宇軒的身體過生活，當然要好好鍛鍊一下啊！」

用張宇軒的身體過生活啊……她本想說些什麼，眼角餘光卻看見大珮和詹曉彤從操場上有說有笑地走過去，兩人看起來很開心的樣子，神色不禁黯淡下來。

「那是曉彤跟大珮嗎？」他順著她的目光看過去，捕捉到她的異樣，問：「妳跟大珮，怎麼啦？」

「沒有啦，就……上次她比賽，我不小心放她鳥，然後社團我又一直遲到。」她低下頭，說得悶悶的。

「妳跟大珮那麼好，妳跟她講清楚，她不會在意的啦！」男孩彎下身來直視她。

她只是苦笑。

真是的，傻瓜！小真老是這樣，什麼事都往心裡藏……

他拉開笑容，伸手在她面前打了個響指。「我有辦法！」

舊團部裡，小龜、胖達和曉彤走位、對詞，鳥哥拿著攝影機，認真地發號施令。

「來喔！現在這個光線很好，我們微調一下，然後再試一遍。朱老師，你看這樣不錯吧？」

朱老師看著畫面，幫大家拍手。「很好，老師覺得你們排得很棒，你們的這些努力，都會反映到最後的結果上面。」

謝雅真和張宇軒默默地走過來，張宇軒將手中的飲料提袋掛到謝雅真手中，將她推到大家面前。

「嗨，大家！社長有買飲料，請你們喝。」

舊團部裡原本熱絡的氣氛驀然安靜下來，大家齊刷刷地望向謝雅真。

什麼啦？怎麼這麼突然啊？

她有點尷尬，又有點彆扭地將飲料舉到大家面前。

「怎麼這麼好？」胖達立刻笑呵呵將飲料接過去。

「我要喝這個！」小龜也過來分食。

她抿了抿唇，鼓起勇氣向大家鞠躬，說出心裡話。「之前我實在太常遲到了，真的很抱歉。」

「導演！」張宇軒突然舉手發言。「我覺得社長當顧問好像有點可惜耶！還有沒有什麼工作是可以給她做的啊？」

剛剛明明沒講好有這個的啊！謝雅真驚嚇地瞪向張宇軒。

大珮想了想。「我也覺得好像少了一點什麼東西耶！」

「我們不是有在寫一個中邪的角色嗎？」詹曉彤左右看了看，擔心意見不被採納，又小聲補充。「……小真還是可以繼續當顧問。」

「不錯喔！我覺得中邪的角色很適合妳，畢竟妳看過這麼多中邪的人，對不對？」神來一筆啊！鳥哥叫好。

「對啊！反正妳在宮廟當仙姑嘛！」

「來，妳試看看！」

胖達和小龜附和。

謝雅真正想哀號，沒想到連朱老師也喜孜孜地幫腔。

「戲劇是人類生活和情感、情操的重現，老師很高興你們在這次的短片裡面表現出一種互助合作的精神，真的很棒！小真，這個中邪的角色，妳可以勝任吧？」

「可以啦！」

「小真，Come on！」
「來，做一個中邪的表情。」
大家突然間七嘴八舌的，興高采烈。
天啊！怎麼變這樣？仙姑中邪是哪招啦?!謝雅真無法克制地翻了個白眼。
「有了有了，可以！」這白眼翻得真像中邪啊！鳥哥鼓掌。
「超棒！」小龜機靈地拿來了反光板。
「我來打光！」胖達舉起了手機。
什麼？這樣也行？三宅學長何時這麼有效率了？她好崩潰。
「小真，妳放輕鬆，不要緊張。就把妳平常看到中邪的樣子呈現出來就好了。」朱老師喊話。
轉眼間，一切就定位，她哭笑不得，只得半推半就地被拱上場。
「來，準備！三、二、一，Action！」
大家鬧哄哄地圍著她，氣氛融洽，歡樂得不得了。
好吧，算了！中邪就中邪，歸隊的感覺還是挺不賴的。
她齜牙咧嘴地翻著白眼，演著中邪的角色，心裡卻開心地笑了。
直到叮一聲，手機裡跳出一則訊息，凝滯了她的笑容——

小真，我是樂爸，後天有個空檔，我們可以見一面。

社團活動結束後，大家紛紛走出舊團部，離開學校。

詹曉彤被淹沒在魚貫走出校門的學生裡，低頭走出校門。

「不好意思，請問這個影片裡的人是妳嗎？」

倏地，一雙高跟鞋闖入視野，詹曉彤抬頭，對上一張從沒見過的、成熟女性的臉。

低頭一看，手機上播放的正是她幫鳥哥和其他學長姊們猜題時的影片。

女子拿著手機，仔細比對詹曉彤的臉，確定找對了人，微微一笑。

「您好，我是聖宇堂的祕書，今天是專程來恭迎您的。我們聖宇堂承蒙神明的指點，終於找到您了。您的靈通已開，不知道您有沒有意願來我們聖宇堂，為更多的信眾服務呢？」

什麼？

詹曉彤不可置信地皺起眉頭，眼底全是疑惑。

微風吹動了濟德宮門口的燈籠，金勝在拿著手機，心情也隨之飛揚，滿面春風。

「美枝，妳怎麼會想到要打電話給我？」他眉開眼笑，聽著聽著，卻突然變了臉色，手機差點掉到地上。

「妳人在台北?!放假？小、小真喔？……她很好啊！」

金勝在抬手抹了抹額角的汗。「吃飯？有空有空，當然有空。好，Bye Bye。」

結束通話後，金勝在搗著跳不停的胸口，覺得自己差點休克。

「金老師，美枝姊回來了喔？」剛剛一直在旁邊偷聽的阿修立刻湊過來。

「美枝姊到底知道了沒？你有沒有讓她知道？」阿宏也圍過來。

金勝在眼神閃爍，十分心虛，表情已說明了一切。

「金老師，你不能這樣啦！你沒先講，被美枝姊發現就慘了啦。」

「對啊！到時候仙姑沒了，美枝姊也會沒了啦！」

夭壽，都快被他們講到心臟病要病發了啦！金勝在見笑轉生氣。「事情都還沒發生，你們是在緊張什麼？」

「老師！」阿宏、阿修同時瞪他。

「啊好啦好啦！我有跟美枝約好要吃飯，吃飯的時候我一定會跟她講啦！」再逃避下去也不是辦法，金勝在暴躁地抓了抓頭，頹然地坐回座位上。

「老師，讚！」

「萬事起頭難，頭過身就過。」

「我在吃米粉，你們不要在旁邊喊燙啦！」這兩個真是越來越不像樣。金勝在越想越煩，一位面容清秀的女信徒走進廟裡，適時轉移了他的注意力。

「不好意思，老師，我想求平安符。」女信徒開口。

「求平安符喔？好啊！」金勝在例行公事地問：「妳是要幫誰求的？」

「求給我兒子的。」

「妳兒子叫什麼名字？」

「他叫張宇軒。」

「……張宇軒？」奇怪，怎麼覺得這名字好熟？金勝在微微皺眉，腦子不停思考。

「好，我馬上幫妳辦。請問，妳是什麼原因要幫妳兒子求平安符？」

「就是……他之前心理狀態不太好，然後暑假還溺水……學校老師跟我說他有憂鬱傾向，叫我要多多注意他，所以想說求個平安符，保平安啦！不過，最近是有比較好一點了。」

啊！想起來了！金勝在手心拍手背。

「妳兒子跟我們小真是Classmates，他們是話劇社的，前幾天才來過。」就上次來借道具，英文很好的那個張宇軒啊！但是，還真看不出來他有憂鬱傾向還溺過水咧。

「話劇社？什麼時候加入話劇社的？我怎麼都不知道？」宇軒媽媽一頭霧水。從來沒聽兒子提過，小真又是誰？

金勝在哈哈笑。「唉呀，小孩子通常都有叛逆期、青春期，跟我們家小真一樣，我說什麼，她都不理我，也不喜歡跟我報告她在幹麼。」

「也是。」宇軒媽媽跟著笑。

「來，我們來求平安符。」

金勝在領著宇軒媽媽走到大殿上，誠心向媽祖娘娘祈福。

「媽祖娘娘慈悲，弟子張宇軒屬龍，求媽祖娘娘賜平安符，出入平安，大事化小，小事化無，一切平安無事。」

平安符順時針繞過香爐三圈後，金勝在將它交給宇軒媽媽。

「來，這讓小孩子戴在身上，或者放在口袋裡面。」

宇軒媽媽珍惜地握緊紅色的平安符。「好。」

金勝在跟著叮嚀。「要記得不能弄髒，不能帶進廁所裡面，最重要的是不能見血。孩子如果平安無事，過一陣子來還願，讓媽祖娘娘再加持。」

「好。謝謝老師，謝謝媽祖娘娘，謝謝！」

宇軒媽媽在隨喜箱裡投入香油錢，虔誠地敬拜。

聖宇堂清幽的禪堂內，香煙徐徐。信徒們拈香、虔誠地敬拜。拉門後，躲著一個戴著眼鏡的女孩，不停地做著深呼吸。

湯勝元朝女孩的方向張望，信步走過來，關切地問：「還好嗎？」

「湯老師，我真的可以嗎？」詹曉彤握緊衣角，怯怯地問。

「妳看，我剛剛就跟妳說啦，佛菩薩說妳總是怕做錯事，怕得不到認可，妳這樣東想西想的，想到後來，連自己都不相信妳自己了。」湯勝元溫文和緩，極具耐心地安撫著惴惴不安的女孩。「其實菩薩說妳啊，比一般人都還要優秀，靈格也比較強，要不然，妳猜題怎麼會那麼神準？」

詹曉彤推了推眼鏡，仔細琢磨。

小真曾經說過，通靈就是突然會有一個意念，或者是一個想法，湯老師也說，她真的可以……或許……

「妳也想要改變，不是嗎？」湯勝元斯文地笑著說。「神明欽點了妳，就是要幫助妳，讓妳透過渡化眾生來修對自己的信心。妳要相信妳自己擁有這樣的能力，妳是神佛選中的人。」

神佛選中的人？

這幾個字像一道光，劈進她終年不見陽光，缺乏自信的晦暗內心裡。

她感激涕零地看著湯勝元，好感動有人如此相信她，如此肯定她，如此看重她。

宇堂師姊。

好！她要相信她有這樣的能力，她就是神佛選中的人！

走出拉門，詹曉彤在榻榻米上盤腿而坐，神情堅定而自信。

第一位女信徒被領來她面前，忐忑地入座，而她身後一左一右站著湯勝元與一名聖理嗎？」

「仙姑，我晚上都睡不好，早上常常恍神，還會碰到一些很衰的事，妳可以幫我處理嗎？」

「妳放心，不管妳有任何的問題，我們仙姑都會幫妳處理的。」湯勝元立刻接話，完全沒給詹曉彤任何遲疑的機會。

詹曉彤深呼吸，緊緊握住胸前的水晶項鍊，緩緩地閉上眼睛。

沒問題的，湯老師教過她很多，她也訪問過小真很多，通靈就是突然會有一個意念，或者是一個想法……

恍惚間，詹曉彤睜開眼睛，覺得自己似乎真的感受到了什麼。

「幫我拿十四號的籤詩。」

師姊隨即將籤詩拿來，詹曉彤瞥了眼籤詩，再看向女信徒。女信徒一直無意識地撫摸著左手無名指的戒指，上頭鑲著很華美的鑽石，或許是結婚戒指……

「是感情問題？」靠著仔細觀察，她脫口而出，沉穩地念出籤詩上的字句。「火中言語互有傷，是失心劫。你們之間，是不是發生——」

「仙姑，妳怎麼知道？」彷彿終於找到情緒出口，女信徒立刻激動了起來，卸下心防。「我都沒有跟別人說，其實我先生有外遇……」

湯勝元慈愛地望著詹曉彤，胸有成竹地抿唇微笑。

「這是妳跟妳老公之間的業障，我現在幫妳化解。」詹曉彤以燭火點燃籤詩，扔進面前的缽爐裡。「我給妳一個水晶，妳戴在身上，我希望妳看著水晶的時候，就可以想到妳跟妳老公戀愛的初衷。」

師姊捧著托盤，恭敬地來到女信徒面前。

女信徒拿起水晶，潸然淚下，珍惜地問：「那我戴著它，還需要注意什麼嗎？」

「妳每天晚上睡覺前可以拿著水晶，然後每算一顆，就想著老公的名字，這樣就可以了。」

「謝謝仙姑！」

信徒滿意地離開了，湯勝元也滿意地拍了拍詹曉彤的肩，彷彿稱讚她做得好。

沒問題的，詹曉彤。

妳要相信自己有這樣的能力，妳是神佛選中的人。

詹曉彤緊握著胸前的水晶，感覺有源源不絕的勇氣從身體裡湧現。

樹影婆娑，清風徐來，宜人氣候溫暖舒心，可謝雅真和張宇軒並肩坐在一起，兩人的神情都不輕鬆。

「妳……是不是很害怕？」男孩打破沉默，若有所思地問：「所以，妳也不知道，我見了爸媽後會不會就消失不見？」

「我不確定。」謝雅真怔怔望著手機裡那則樂爸回覆的簡訊，心情十分複雜。

今天就是和樂爸約好相見的日子，明明應該為阿樂高興他即將完成心願，卻又如此恐懼……

「小真，如果我真的消失了，妳一定要好好的。」他握緊身旁女孩的手，眼眉間也帶著憂愁。

「小真！」遠遠的，有一道高大的身影朝這裡揮手，一邊快步過來。「不好意思，我來晚了，有點事耽擱了。」

是老爸！男孩激動地站起身，眼底充盈著滿滿的情緒。

他終於等到老爸回來了！不再只是照片，只是信上的隻字片語，是活生生的，會動會笑的，是他記憶中的老爸——

「這位是？」樂爸看見站在謝雅真身旁的陌生男孩，疑惑地問。

「他是阿樂的同學，他叫張宇軒。」謝雅真趕緊為他們介紹。

「你好。」樂爸生疏地問候。

「……你好。」男孩緊握雙拳，硬生生吞下那句差點喊出口的「老爸」。明明有許多話想對老爸說，偏偏得拚命忍耐。

「阿樂爸，你最近還好嗎？」謝雅真看看兩人，趕緊發話。

「最近啊……最近是發生了一點事情。」樂爸苦笑。「先不說這個，小真，妳今天找我跟樂媽來是有什麼事嗎？」

謝雅真小心翼翼地看了男孩一眼，戰戰兢兢地說：「就是，其實阿樂有留——」

樂爸胸前口袋的手機驀然響起，他抱歉地看了他們倆一眼，接起電話。

「喂？是，我是……什麼?!好，我知道了，我會馬上過去的。謝謝你喔，謝謝！」

樂爸神色大變，結束通話後立刻向他們道別。

「小真，對不起，我得馬上離開了，因為阿樂他媽媽在……在醫院。有什麼事，我們下次再說，不好意思。」樂爸轉頭就走，似乎碰上了什麼十萬火急的事情。

樂媽怎麼了？為什麼聽起來很嚴重的樣子？

而且，阿樂期待了這麼久，好不容易才碰面，怎能這樣就結束了？

「樂爸！」謝雅真和張宇軒交換了個眼神，趕緊追上去。「阿樂有留一些話，想要和樂媽說。」

樂爸停下腳步，神情顯得十分為難，還夾雜了幾分痛苦。

「我實在不確定，現在適不適合再提起阿樂……」

怎麼回事？兩人納悶地對望，心中隱約有股不好的預感。

婦產專科暨生殖醫學試管嬰兒中心

謝雅真和張宇軒跟隨著樂爸來到了寬敞豪華的醫學中心。

正當他們還弄不清楚發生了什麼事，為什麼樂媽會在這裡時，便聽見樂媽哽咽的聲音從廊道那頭傳來。

「醫生拜託你，請你一定要幫幫我們……」

樂媽面容憔悴，殷殷切切地懇求著醫生。

樂爸心疼地走到妻子身旁，摟住她哭到發顫的肩。

謝雅真與男孩站在有段距離的地方，驚愕地望著眼前這一幕。

「何太太，妳現在的狀況已經很危險了，除了腹部積水之外，還有肺氣喘的現象。」穿著白袍的醫生顯得十分困擾，不停搖頭。

「我可以！拜託！醫生我可以！」

「何太太，這不是可以不可以的問題，我們之前有過類似的病患，結果都是……很不樂觀的。基於院方的立場，我們強烈地建議妳不要再試了。」

「我可以，醫生，拜託你！我兒子他發生意外死亡，我真的很希望他回來。我拜託你好不好？你相信我，我真的很想要他回來！拜託你！」樂媽聲淚俱下，一字一句，彷彿都重重擊碎了男孩的心臟。

媽媽總是非常理智，非常美麗，非常幹練……怎麼會傷心憔悴成這樣？怎麼會把自己逼成這樣？

即使老爸失聯的那兩年，他也從沒見過媽媽哭得如此傷心。

他緊握雙手，努力憋住眼眶裡的淚。

原來，他的意外帶走的不只是他的生命而已，也帶走了父母親的一部分，令他們有所缺失，再無法完整……

他該怎麼辦？

藏身在角落的男孩望著無助的父母，抬手抹著止不住的眼淚。

同一時間，距離醫學中心不遠處的西餐廳裡，金勝在與美枝相對而坐，侷促不安。平常面對信徒的時候不是都講得好好的，怎麼現在這麼不輪轉？

金勝在吞口水，實在很難啟齒。

「美枝，是這樣子，我有一些話要跟妳講，我……」

「我也有一件事情想跟你說。」同樣很緊張的美枝調整了下坐姿，打斷金勝在。

「這十幾年來，謝謝你這麼照顧我們家小真，其實……我一個女人家帶個小孩，日子真的很難過。尤其小真，她跟別的孩子不一樣，你應該也還記得，她半夜常被嚇哭，整張臉都青筍筍，有時候還發燒……我嚇到不知道該怎麼辦，只好把她帶到你的廟裡，才能好好休息。」

金勝在點點頭，拿起水杯喝了口水，越聽越緊張。

「那個時候我常在想，到底是鬼還是神明在搶我的女兒，我真的搞不清楚。別人都說小真帶天命，該怎麼樣就怎麼樣，只有你體諒我，願意把她的能力關掉，她才有辦法像現在這樣過著正常的生活，在學校有朋友，又不會被欺負。」

金勝在拿起紙巾猛擦汗。

「我看小真現在這樣，真的很開心，我這個做媽媽的，就是希望女兒可以過正常的生活，再怎麼辛苦也願意。你說對不對？」

「對對對！」他乾笑。

「真的很謝謝你，這兩年我出國，都是你在照顧小真，不知道她有沒有給你添什麼麻煩？」

「沒有，完全沒有！」他拚命搖頭。

「對了，你剛剛要跟我講什麼？」終於把心內話都說出口，美枝如釋重負地問。

「沒有啦，我說妳的項鍊很漂亮……來，喝湯、喝湯。」服務生恰好將餐點送上桌，金勝在顧左右而言他。

美枝喝了口湯，突然想起。「啊，對了，你知道小真有一個同學叫張宇軒，他們兩個走得很近，你可以幫我注意一下嗎？」

「好、好。」張宇軒嘛，他知道啊，他連宇軒媽媽都見過咧，金勝在二話不說就應好。「啊妳這兩年在加拿大過得怎麼樣？」

「很好啊，就是……」

美枝侃侃而談，與金勝在談天說地，愉快地結束了飯局。

害啊，過了這次，還有什麼機會能跟美枝坦白？

用完餐、送走美枝之後，金勝在內心千迴百轉，正準備回濟德宮，恰好看見謝雅真和張宇軒肩並肩從醫學中心所在的那個路口走出來。

這麼巧？美枝剛剛才在講咧，就被他遇到了。

金勝在走過去，本想和他們打招呼，就聽見小真擔心地問張宇軒——

「阿樂，你沒事吧？」

阿樂？金勝在揉了揉眼睛。

沒看錯啊，這人就是張宇軒啊，小真怎麼喊他阿樂？

而且，張宇軒眼睛怎麼好像紅紅的？是哭過喔？

怪怪的，這兩個囝仔不知道在搞什麼鬼？

金勝在聽得霧煞煞，停下腳步，找了個地方掩蔽，想聽清楚他們在講什麼。

「我在張宇軒的身體裡，什麼都做不了……」男孩還沉浸於在醫學中心遭受的打擊裡，神色哀傷。

他無能為力，就連想抱緊爸媽都辦不到。

「沒關係，我會幫你。」小真安慰著他。

「他們現在這麼傷心，真的會相信我就是阿樂嗎？」他愁眉不展。

「阿樂，你別擔心……我是仙姑，他們應該會相信我的啦。」

蝦毀啊？阿樂在張宇軒的身體裡？

金勝在皺起眉頭。

啊不過上次宇軒媽媽說，張宇軒心理狀態不太好，有憂鬱傾向，還溺水……他怎麼看，現在的張宇軒都不像是這樣啊！

甘有可能？

不對，也不是不可能，說不定真的是……

夭壽！難怪小真之前那麼關心那個本靈、外靈，跑來問他那些有的沒的。他總教小真正信渡世，是都教到哪裡去了？

金勝在拍了下自己的腦袋，又急又氣。

12 爆發

星光點點，木棧道旁的草皮依舊鬆軟，入眼的夜景同樣炫目，席地而坐的謝雅真與張宇軒的心情，卻與上次截然不同。

樂爸與樂媽相偕著往這裡走來，兩人立刻站起來。

「樂爸、樂媽，不好意思，這麼晚還把你們找出來。其實，阿樂有些話想要跟你們說，他現在就在這裡。」謝雅真走到他們面前，努力牽起微笑。

「小樂？」本來還顯得有些憔悴的樂媽眼睛頓時一亮，急切地問：「小樂在這裡?!他在哪？」

「爸、媽，我回來了！」男孩走上前，指著滿天星斗。「你們該不會連我們第一次一起看星星的地方都忘了吧？」

樂爸與樂媽懷疑地看著眼前的男孩，又交換了個奇怪的眼神，全然不明白發生了什麼事。

這男孩當然不是他們的兒子，無論是相貌、聲音都不相同，更何況他們的兒子已經過世了。但是，為什麼這男孩知道他們一家人第一次看星星的地方在哪？

「歡迎回家，老爸。」

他出拳捶了下父親的胸口，如同以往每一次父親回家時那樣。

樂爸、樂媽兩人睜大雙眼，不可置信。

「你一定很想破我的紀錄吧？」男孩挑眉而笑，燦爛飛揚，正是他們記憶中的那個男孩，他們獨一無二的兒子！

「小樂！真的是你?!」樂媽內心澎湃，激動地捧住男孩的臉，仔細地端詳過一遍又一遍。「你還好嗎？我現在很努力想要把你生回來，我不會放棄的！」

男孩想起母親懇求醫生的模樣，轉瞬間便紅了雙眼。

「媽，對不起，讓妳難受了。我怎麼那麼不應該，活著的時候就已經讓妳很操煩了，現在還讓妳這麼擔心。」男孩握住母親的手不住摩挲，很想傳遞多點溫暖給媽媽。

樂媽潸然淚下，不住搖頭。

「媽、爸，你們知道為什麼我現在會在這裡嗎？」男孩深呼吸，努力綻放最想被父母記住的笑容。「我想要好好地跟你們說再見，然後我就會走了。」

不要……一旁的謝雅真胸口一窒，幾乎不能呼吸。她好害怕，她不想親眼見到阿樂消失！

她再也支撐不住，轉過身逃離這個令人傷心欲絕的困境。

「現在還有一件事情想做……」男孩撲上前，激動地、用力地摟住爸媽。「媽、爸，你們還不快點抱緊我，下次就沒有機會囉！」

他說得輕巧，卻壓抑不了越來越哽咽的聲嗓。

樂爸、樂媽泣不成聲，使盡全力擁抱兒子。

「媽、爸，我愛你們。不管發生任何事，我都希望你們好好的，我也會好好的。」

「小樂，你要好好照顧自己，知道嗎？」

一家三口緊緊相擁。

這是他們第一次一起看星星的地方，也即將成為最後一次擁抱對方的地方。

長長的木棧道上，謝雅真茫然地往前，路燈將她的影子拖得長長的。

她知道自己應該幫助生者，與死者好好說再見，但在這一刻，她發現，她始終沒有學會怎麼告別。

再也不見了，該怎麼說再見？

「小真！謝雅真！」

告別了父母親的男孩一路快跑，氣喘吁吁地追上她，一把將她摟進懷裡。

「我沒有消失，我沒有走，妳也不可以走——」

他不知道為什麼自己還沒有消失，只知道他還想留在小真身邊，還想和她在一起。
男孩緊緊抱著她，感受著她在懷裡的溫度，唯恐失去能與她相處的每個瞬間。
倘若可以的話，能不能再也不要分開了？
滿天星光，映照著兩顆害怕再次失去對方的真心。

家中，美枝正辛勤地打掃著。
「我的天啊！」帶著吸塵器來到謝雅真的房門口，美枝驚呼。「房間這麼亂，棉被也不摺……」
真是的，這樣還嫁得出去嗎？這個性不知道像到誰？美枝又傷腦筋又寵溺地笑著，放下吸塵器，走進女兒房裡。
她整理床鋪，一甩開棉被，一本校刊掉了出來。

〈通靈少女謝雅真〉

美枝皺起眉頭，笑容逐漸僵硬。

看似一切如常的復興高中校園裡，地底的蟬悄悄蛻出了殼，張揚著從背部竄出的翅膀，羽化新生。

「學長早安！」拿下了眼鏡，解開了髮辮的詹曉彤，挺直著背脊，從三宅學長面前翩然走過，自信微笑。

「早……」聚在一起吃早餐的三宅目瞪口呆，筷子挾著的蛋餅和下巴差點同時掉到桌上。

「學妹變得好不一樣喔！」

「我都快要不認識她了。」

「好正喔！」

三宅望著詹曉彤走遠的背影交頭接耳。

詹曉彤才走沒幾步，就被熱情的同學團團圍住，七嘴八舌地問著問題。

「曉彤，我最近非常衰欸，怎麼辦啦？」

詹曉彤閉上眼睛又睜開，似乎感應到什麼，微笑地說：「我感覺是妳的氣場有受到一些外力的干擾，妳平常有戴水晶的習慣嗎？」

「沒有欸！」

「妳可以配戴一點紫水晶，增加注意力，也會讓妳的心情比較平穩。」

「仙姑仙姑，我最近身體很虛弱，總感覺好像有什麼東西跟著我……」

詹曉彤再度牽起笑容。「感覺你的心靈有受到負面能量的照射——」

「換我了啦！」

「我先問啦！」

她的話都還沒說完，周遭的同學前仆後繼地湧上來，毫不相讓。

「如果下課有空的話，你們可以一起來聖宇堂，我一次幫你們解決所有的問題。」

詹曉彤不疾不徐地應對。

「太棒了！」

「仙姑妳好，我是校刊社的社長，聽說妳最近在聖宇堂很紅，請問我可以採訪妳嗎？」

「當然可以。」

「採訪耶！好羨慕！」

「是曉彤學姊！嗨，曉彤學姊。」

陸陸續續有人經過詹曉彤的座位，發出欣羨的讚嘆。

窗外，謝雅真猶如小透明般地飄過，若有似無地瞥了這裡一眼，似乎根本完全不在意學校裡除了自己之外，是否還有別的仙姑。

詹曉彤挺起胸膛，也試圖不在意。

她何必在意？

如今，她是個仙姑，也是校園裡的風雲人物了。

她再也不是那個畏畏縮縮的詹曉彤了。

濟德宮外風和日麗，濟德宮內淒風苦雨。

阿宏、阿修兩人滑著手機，煩惱著未來該何去何從。

「聖宇堂越來越大間了，現在有祈求、問神、祭典，還有線上服務。」阿宏越看網頁越心驚。

「真的欸，現在他們也有仙姑，現場在辦事。」

「吼，怎麼這麼剛好啦？我們這邊沒仙姑，要問的都跑去聖宇堂了啦！濟德宮冷清清，沒生意了啦！」

放學後的謝雅真走進廟裡，就聽見他們唉聲嘆氣，愁眉苦臉。

「濟德宮怎麼了？」謝雅真走過去看他們的手機。

「齁，小真，因為美枝姊回來，現在妳不能問事，我們沒仙姑，生意差很多啊！」

阿修邊崩潰邊抱怨。「然後金老師又跟他弟打賭，說如果一個月沒有超過五百個信徒，整個濟德宮要送給他們欸。」

蛤？什麼時候有這種事？她怎麼不知道？謝雅真嚇一跳。

「這下害了啦，我們是不是準備要找工作了？」阿宏很苦惱。

「不然我們把之前舊的 App 拿出來，改成 face to face 直播，現在直播都——」

「小真！」聽見他們的談話，金勝在知道小真來了，皺著眉頭從廟裡走出來。

「啊？」怎麼臉色這麼難看？她是有惹金老師生氣嗎？謝雅真疑惑地看向金老師。

「我問妳，阿樂現在人在哪裡？」金勝在瞪著她，嚴肅地問。

謝雅真臉色刷白，緊張得幾乎能聽見自己的心跳聲。

為什麼金老師會突然問這個？難道金老師發現什麼了嗎？她腦子一片空白。

「謝雅真！」

彷彿嫌事情還不夠亂似的，美枝的叫喚也從外頭喊進來。

她火冒三丈地衝進廟裡，將寫著「通靈少女」標題的校刊舉高到女兒面前，橫眉豎目地問：「這是什麼？妳給我說清楚！」

完蛋了！怎麼會這樣？這就是所謂的禍不單行嗎？

謝雅真原就空白一片的腦袋更加空白，不知該如何是好。

美枝忿忿地將她拉到身後，衝上前對金勝在興師問罪。

「金勝在，我把我女兒交代給你，是希望你可以關掉她的能力，你竟然騙我?!還叫我女兒跟著一起騙？你是怎麼為人師表的？還是你根本不當一回事，只把她當作一棵搖錢樹？」

慘了！阿修趕緊幫金老師講話。「美枝姊，老師是真的在關心小真，妳誤會——」

「好啦，要罵給她罵，反正是我不對，是我沒有把小真教好。」沒想到金勝在摸了摸鼻子，不再講了。

他是真的慚愧，自責沒把小真教好，所以小真才會把「正信渡世」這幾個字拋在腦後，放著該處理的事情不處理……

「走！以後不准再來這裡。」看金勝在居然連解釋都不解釋，分明是心虛，美枝更氣了，拉著謝雅真就走。

「媽！」謝雅真想掙開母親，求救似地看向金老師。

金勝在卻別過臉不看她。「好啦，妳跟妳媽媽回去，不用再來濟德宮。從今以後，濟德宮沒有仙姑。」

什麼？怎麼這樣？平時不是總要她好好當仙姑，好好積福報，好好接天命嗎？怎麼現在都不對媽媽講了？怎麼這麼輕易就撇下她了？

那她這麼努力當仙姑，這麼聽話做什麼？

她眼眶紅紅的，有好多話想講，卻不知該從何講起，只覺得好委屈、好不甘心……

「老師你想清楚，沒仙姑的話……」阿宏、阿修試圖想力挽狂瀾。

金勝在制止他們。「好了啦，賣講啊！」

「哼！」美枝氣沖沖地將謝雅真拉出宮外，邊走邊說著氣話。「晚上我煮一鍋牛肉，幫妳補一補，看看多吃點牛肉，會不會比較看不到。」

「……最好是會有用啦。」她小小聲地、賭氣地回。

吃牛肉有用的話，她還需要這麼辛苦嗎？陰陽眼能說關就關的話，她怎麼會在這裡當仙姑？

美枝又急又氣地瞪了女兒一眼，下了最後通牒。「我跟妳說，從今天開始，除了學校，妳哪裡都不准去，放學之後直接回家！」

謝雅真被美枝拖著向前走，腳步凌亂，身後的濟德宮離得越來越遠，逐漸遠成一個小黑點，再也看不見。

翠綠的層層山巒裡，山嵐繚繞，一片迷濛。

密林苔原間，碧綠色湖泊藏身其中，傾盆而下的雨滴在湖面上打出一圈圈漣漪，增添幾許神祕。

「This is Bruce everyday，今天來到的地方，就是號稱雙北最陰的星、月、湖！」

腔調浮誇，總愛夾雜幾句英文的直播主Bruce，一手拿著夾著手機的自拍棒，一手撐著傘，邊走路邊直播。他身旁還帶了個隨行助理小文，拿著攝影機側錄。

「這地方超詭異的，剛才還大晴天，突然就下大雨。聽說～～之前常常有人在這裡溺斃，還有人專程跑來這裡自殺。沒有人敢來，但是沒有關係，我敢！走，帶大家看看，Follow me！」

Bruce沿著筆直的湖邊棧道往前走，直播觀看人數也筆直地上升，畫面上的留言快速捲動——

這裡是哪？

Bruce 超屌的！

自殺聖地！

星月湖超陰的啦！

「快要到了，應該就是這裡，這個地方，就是大家都會來自殺的那個地方，看一下。」Bruce來到湖畔，站在一塊岩石上，將整座湖面都拍進畫面裡。

倏然間，一聲尖叫竄入耳膜，Bruce驚聲大喊：「你們有看到嗎?!有沒有拍到？有沒有看到？」

直播人數暴漲，留言飛也似地刷新——

有人臉！

在哪？

人臉在樹那裡啦！好恐怖！

什麼啦？不要亂講啦！

靠靠靠！真的有！

Bruce忽然壓低聲音，賣弄玄虛。「螢幕下方有個訂閱，按下去，訂閱Bruce頻道，你就不會錯過接下來要發生的事。」

啪！直播畫面瞬間轉黑，Bruce滿意地關上機器，和助理阿文相視而笑，準備前往下一站——濟德宮。

濟德宮內，神像莊嚴肅穆，香煙漫漫。

金老師與阿宏、阿修三人在廟裡進行例行清潔，氣氛低迷。

「老師，仙姑又沒做錯什麼事，你怎麼不去美枝姊面前替她說些好話？反而把她趕走，這也太不合理了！」阿修一邊清理香灰，一邊嘀咕。

「嘿啊，不幫忙就算了，還在那邊火上加油，這下濟德宮是要整個給聖宇堂喔？」阿宏幫腔。

兩人叨叨念念，金勝在卻恍若未聞，一臉心事重重。

忽然間，一道高亢過激的嗓音筆直又迅雷不及掩耳地劃破空氣。

「Yo！Bruce現在所在的地方，就是議員加持、仙姑坐鎮的濟德宮。現在就帶大家去找仙姑，Go！」

Bruce和助理扛著攝影器材，大剌剌地衝進廟裡，毫不遲疑地將畫面定格在金勝在臉上。

「這位應該就是廟公了，看起來不怎麼樣，但是沒有關係，仙姑厲害就可以了！仙姑在嗎？」Bruce很嗨地問。

蝦米啊？金勝在皺起眉頭。「你放尊重一點，濟德宮是現代化經營，沒有廟公，只有CEO。」

「那仙姑……」

「仙姑不在！仙姑不問事了，你們這個是在做什麼？如果要照相的話，先擲筊，看媽祖娘娘允許嗎？」金勝在指著對準自己的攝影機，臉色鐵青，甩頭就走。心情已經夠不好了，還來添亂？

「阿文，處理一下。」有夠掃興，Bruce 不甘願地放下手機，對助理使眼色。

「對不起，我們不知道來這邊拍攝要擲筊，但是我們今天白天的時候去星月湖，就是那個超級陰的地方直播之後，現在覺得怪怪的，想要找仙姑驅鬼，拜託！」阿文立刻走上前，挑了看起來最和善的阿修開口。

「這是不困難啦！」阿修抓了抓頭。「但是我們仙姑最近在閉關修練，不然你們改天再來。」

阿宏聽懂了，原來是網紅作秀。「你們故意去人家地盤打擾人家，還要找人驅鬼，那是你們的問題。」

「靠！」不過一間小廟，跩什麼？Bruce 衝過來破口大罵。「我們是來找你抓鬼的，又不是來聽你說教的！以為只有你們會抓鬼喔？」

「對。」阿宏得意地挺胸。

「沒關係，我們找別人，看我怎麼在網路黑你！」最後，Bruce 撂下狠話，咬牙切齒地走了。

才不怕咧，濟德宮頂天立地，正信渡世！

阿宏、阿修對著他們的背影搖頭，繼續打掃。

「——即日起問事無限期暫停 仙姑出國進修——」

她離開後，濟德宮大門上方的跑馬燈換了新的字句。

曾經，濟德宮是最熟悉的地方，為什麼如今的感覺不再一樣了？

不是仙姑，她可以過自己想過的生活了，但那是什麼呢？這是自己心心念念想要的日子，但為什麼真的擁有了，卻是空落落的，一點也開心不起來。

她只知道，這是她不再熟悉的日常……

而失去了熟悉日常的仙姑，就連校園看起來似乎也沒那麼熟悉了。

謝雅真拖著沉重的腳步，悶悶不樂地走在校園裡。

「小真、小真，妳最近都在幹麼？我怎麼那麼久沒看到妳了？」大珮跑過來，快樂地勾住她脖子。

「大珮，我……」一看見大珮，她吸了吸鼻子，所有的委屈突然都衝上來，很想好好告訴大珮最近發生的那些煩心事。

可謝雅真才起了個頭，不遠處，一道安靜的身影走過來，直勾勾地望著她們。

詹曉彤眨了眨眼睛，站在她們面前，似乎是在等待大珮。

「妳怎樣？怎麼不說了？」大珮疑惑地問。

「沒事啦，我先走囉。」謝雅真搖搖頭，沒辦法繼續說下去。她性格比較慢熟，要在比較不熟悉的詹曉彤面前講心事，真的說不出口……

跟大珮道別之後，她茫茫然地在校園裡踱步，漫無目的。放學不再需要去濟德宮之後，她還能去哪裡？

「小真，怎麼了？看起來心情不太好。」

棒球場上的張宇軒追過來，燦爛地喊住她。

她走到場邊，勉力擠出一絲笑容。「沒有啦。」

他彎下身，仔細盯著她的臉。

「張宇軒，不是換你練習了嗎？趕快過來！」

「妳等我一下，等一下我們一起上社團課。」男孩安撫似地揉了揉她髮心，回身跑入棒球場。

她靠在護欄上，低頭發呆。棒球場內，投手投出一記失控的長投，看著那顆球的速度與方向，場內外同時發出驚叫。

「打到人了啦！」

「小真！」

發生了什麼事？

謝雅真摀住頭，腦袋上傳來一陣猛烈劇痛，好像瞬間炸開了一樣，讓她頭昏眼花，站都站不穩。

天空離她越來越遠，直到砰的一聲，她頹然倒在操場上，徹底失去意識。

謝雅真是在刺鼻的藥水味與白得刺眼的光線中醒來。

做完檢查後，她頭上綁著繃帶，坐在醫院病床上，隔壁床病患家屬的聲音透過沒有掩實的隔簾傳進她耳裡。

「醫生，上個醫院都說他不行了，我知道他的狀況很不好，但是可不可以麻煩你們救救他？」

目光偷偷溜到隔壁病床，床上躺著一個戴著呼吸器的男人，床邊站著大腹便便的孕婦，正與醫生交談，眼睛紅紅的，看起來剛哭過。

「當然，趙太太妳放心，我們一定會盡力。但還是要詢問妳一下，如果趙先生的心跳跟呼吸暫時停止的話，妳希望我們再多做些侵入性的治療嗎？還是妳希望他不要多受折磨？如果妳願意的話，我們這邊也是可以先簽個同意書。」

嗡——放在床邊櫃的手機驀然響起，她拿起一看，是阿樂。

她按下通話。「喂。」

「有沒有好一點？對不起，讓妳受傷。」一個擔憂的聲音從那端傳來。

「沒關係啦，又不是你的問題。」

「那我下課再找時間去看妳。」
「嗯，你趕快去上課吧，不要讓張宇軒他媽媽擔心。」
「好，那妳好好休息喔，Bye。」
「Bye Bye。」
結束通話的時候，美枝提著她的換洗衣物和盥洗用具走進病房裡，一言不發。
媽媽臉色這麼難看，一定很擔心她吧？還是，媽媽仍然在生她當仙姑的氣？
她小心翼翼地打量著，小小聲地說：「媽，我沒事啦，只是被球打到而已。」
「已經被打到腦震盪，還說沒事？」美枝焦急地坐在床沿，心疼地捧著她的臉，說得很痛心。「我把妳生得這麼可愛，妳要好好照顧自己，不要一直這樣讓我操心。」
媽媽說的不只是腦震盪，還有濟德宮的事吧？
謝雅真深呼吸，鼓起勇氣向美枝道歉。「媽，對不起啦……我不是故意要跟金老師一起騙妳的。」
「媽沒有怪妳，媽是怪自己，生給妳這樣的能力。」美枝說著說著，越想越不堪，眼淚不受控制地掉下來。「我從小把妳送到宮廟，本來是希望可以關上妳這些東西，讓妳能好好過日子，沒想到卻害妳變成他們的搖錢樹……」
身旁突然有道細碎的聲音傳過來，謝雅真動了動身體，努力當作沒聽見。
「媽，妳不要這樣說啦，金老師他們——」

「妳不要再幫他說話了！從現在開始，不要再提什麼仙姑或宮廟，我只希望妳當一個普通的高中生，十七歲的女生就是要有十七歲的樣子。」美枝根本聽不進去。

齁，怎麼偏偏挑在這時候來亂啦？

謝雅真很想忽視那個有求於自己的、在一旁不斷窸窸窣窣的聲音，可試了幾次都徒勞無功，一心要二用，身體又不適，讓她耐性全失。

「不要吵啦！你沒看到我在跟我媽講話？」

謝雅真突然低下頭，小聲地跟旁邊抗議。

可無論再小聲，病房就這麼點大，她的舉動嚇了美枝一大跳。

「妳是、妳是……看到什麼嗎？」美枝大驚失色，臉色慘白。「我不是常跟妳講，不要隨便跟旁邊的人講話，這樣子很沒有禮貌，很恐怖！」

「不是，媽，我又沒有辦法控制。」她垮下肩膀，很無奈。

「可是也不能因為妳習慣，妳沒辦法控制，然後就沒有考慮到別人的感受，這樣怎麼可以？我……我去買點東西，妳跟它們講，叫它們趕快講一講就走了，有沒有聽到？」美枝拎起包包，飛也似地逃出病房。

要是這麼容易就趕得走，她也不會這麼為難了啊！

謝雅真頭痛地閉上眼睛，又無法不聽見那個靈究竟想說些什麼，而後忍不住悄悄探出身子，望了隔壁病床上的病人一眼。

媽媽還是不懂⋯⋯

13 執著

一向清幽素雅的日式庭園裡，闖入了不速之客。

「Yo～～我是 Bruce，上次去宮廟問事，居然被廟公打槍！但是沒有關係，我們今天來到了聖宇堂，在我身後的這一位，就是史上最正的仙姑——曉彤。」

興致高昂的 Bruce 帶著助理穿梭在聖宇堂裡直播，鏡頭來到詹曉彤面前，做了個極大的特寫。

「嗨，仙姑妳好。仙姑請問一下喔，我之前去那個湖邊直播啊，然後回來之後，就覺得身體好不舒服，做什麼事都很衰，感覺好像有人跟著我，是不是卡到？」

詹曉彤思考了一會兒，沉穩地面對鏡頭。「我給你一個三念手環，讓你隨身攜帶，記得只有洗澡的時候可以拿下來，可以防止邪靈入侵，也是趨吉避凶的護身符。」

聖宇堂師姊將放著手環的托盤捧到 Bruce 面前。

Bruce 快速拉近鏡頭，浮誇又刻意地問：「這東西有效嗎？妳要怎麼跟廣大的網路朋友證明？」

怎麼證明？沒有人教過她……小真或湯老師提過這件事嗎？

詹曉彤愣住，沉默下來，一時半刻回答不出來。

湯勝元發覺情況不對，立即接話救場。「這個問題比較複雜一點，湖邊引來的惡念，必須回到湖邊去化解，仙姑，是吧？」

「是。」她抿唇點頭，藏在桌下的手悄悄捏住衣角，努力讓自己看起來很從容。

「至陰之地，長年累積怨氣，能量很強，為了慎重起見，我們會請仙姑帶你們回到湖邊，進行驅魔儀式，渡化所有的亡靈。」湯勝元堅定地說。

什麼？詹曉彤眨了眨眼睛，手心幾乎將衣角捏濕……

「你說驅魔儀式？Oh my God！所以我可以直播驅魔？」這下訂閱人數一定會突破天際的！Bruce 幾乎要歡呼出聲。

「是的。」

「各位觀眾，你們千萬不能錯過下一集的直播。驅魔儀式，Coming soon！」

Bruce 頻道的留言區瞬間沸騰炸裂了，不僅如此，熱潮也延燒到詹曉彤的手機。

「曉彤，妳超酷的！直播耶，學校很多人都在分享耶！」

小龜的訊息顯示在詹曉彤的手機上。

怎麼會變成這樣？

詹曉彤點開畫面，直播影片觀看人次正以五百、一千的速度快速增長，她的心跳也急遽增快，慌得不知該如何是好。

「小真，聽說妳被球打到，妳還好嗎？」

病房裡，謝雅真拿著手機，正想回覆大珮的訊息。

「——媽，不要再勸我了，我不會放棄他，我會想辦法照顧他，一定可以的！」

隔壁孕婦講電話的聲音透過隔簾傳過來，謝雅真能夠當作沒聽見，但是，一直繞在她病床旁團團轉的那個靈，不分日夜地在她耳邊嗡嗡嗡，她無法置之不理。

謝雅真嘆了口氣，拿著手機跳下病床，越過隔簾，走到孕婦面前，無奈地轉述那個靈希望自己幫忙傳達的話。

「他要我跟妳說，他在電腦裡面留了一些東西要妳去看，然後趕快把嚕嚕接回家。還有，同意書趕快簽一簽。」

趙太太先是不明所以地望著謝雅真，越聽臉色卻越難看，情緒也逐漸失控。

這小女生是怎麼回事？憑什麼要她簽放棄急救同意書？全世界的人都要她放棄她先生，就連不相干的路人也跑來插嘴？

「妳怎麼會知道嚕嚕的？妳在胡說八道亂講什麼啊？是誰跟妳說的？」她扶著腰挺著肚子，指著謝雅真大罵。

美枝走進病房裡時，看見的就是如此驚嚇的一幕，趕緊跑過來擋在女兒面前，拚命道歉。

「不好意思，我女兒腦震盪，小孩子亂說話，對不起、對不起。」美枝手忙腳亂地把小真拉走。

「妳女兒什麼問題啊？像個瘋子一樣，胡說八道！」

謝雅真有點不高興。「我沒有亂說話。」要不是這個孕婦的老公拚命拜託她，她才不想跑來咧！

「謝雅真！」她還講?!美枝喝斥，趕忙制止女兒，拉拉扯扯間，謝雅真手一滑，行動電話飛出去摔在地上。

「不好意思，真的不好意思。」

美枝還在道歉，謝雅真很無奈地撿起手機。

唉，都沒辦法開機了啦！

她蹲在地上，反覆按了開機鍵好幾遍，手機全無反應。

眼前突然出現一雙很熟悉的鞋子，她曾經在濟德宮看過八百遍，天天看，每天看。她抬起頭，和金勝在四目相對。

這時，美枝也發現金勝在來了。

「謝雅真，去躺好！」美枝將女兒趕回病床上，轉過身板起臉孔，瞪著金勝在。「你跟我過來。」

美枝氣呼呼地往病房外走，金勝在看了看謝雅真，又看了看手上提著的牛肉湯，連湯都來不及放下，只好無奈地跟出去。

真晦氣！趙太太拉起隔簾，將他們當作髒東西般地阻擋在外。

離開了病房，美枝與金勝在兩人在候診區坐下。

「好啦，美枝啊，小真去當仙姑的事情，我又不是故意要隱瞞妳的。」金勝在主動打破沉默。

經歷了剛才的吵嚷，美枝情緒還很激動，臉色很難看。

「你也看到了，你有辦法體會嗎？自己的小孩被罵成瘋子有多心疼，你知道嗎？你不要再跟我講什麼帶天命的話啦，我只希望小真普普通通的就好，雖然我沒有辦法給小真很好的生活，但是，我希望別人看她就像個正常人一樣，可以嗎？」

「可以啊，怎麼不可以？」金勝在頭痛地說：「問題是，妳自己都不接受妳女兒，別人要怎麼接受？」

金勝在的話彷彿戳探到她心中最不願意面對的那部分。美枝一凜，神色有些鬆動。也許，最不願意接受小真的，真的是她這個做媽媽的……

「妳要我把她能力關掉，我有做，我真的有做，可是我就做不到嘛！我想說好，沒關係，做不到就算了，我找一個方法來跟她的能力相處，說不定還可以幫助很多人啊。」金勝在語重心長地對美枝說：「每一個小孩子都有他自己的關卡要過啦，只是每個人的命、每個人的際遇不同而已，這關卡過了，就好好地活著，對不對？美枝，我跟妳講，我們做父母的，就在旁邊幫忙她，給她祝福，這樣就好了嘛，不是嗎？」

美枝隱約意識到他說得有道理，可是自己沒有台階下，只好沉著聲抱怨。「誰跟你做父母的啊？」

聽她這樣碎念，金勝在就知道她的氣已經消了大半。

「好好好，自作主張這個事情，我跟妳對不起，好不好？」金勝在馬上搬來梯子讓她下台階，呵呵笑。「來，我有燉牛肉湯要給小真喝，妳拿去給她喝，啊不過很燙，要小心喔。」

原來牛肉真的沒用喔？美枝苦笑。

「好啦，快拿去，趁熱喝，妳也可以一起喝。」金勝在趕她回去，兩人終於相視而笑，這一刻也同時感受到彼此都是疼愛小真、為小真好。

和美枝解開誤會，也算了卻一件心事，金勝在走到電梯旁，按下樓鍵，準備回濟德宮。

電梯門叮一聲地滑開，走出一個背著書包的男學生，吸引了他的注意。

「阿樂？」金勝在對著張宇軒的背影，試探地喊。

男孩下意識地回頭看，徹底坐實了金勝在的猜想。

「阿樂，真的是你？」他皺起眉頭走過去。

男孩一愣，有點心虛，臉上的笑容逐漸淡去。

金勝在嚴厲地說：「你知道小真因為你不能當仙姑了嗎？」

怎麼會？他不解地看著金老師。

「這個齣，可能是老天爺要給小真試煉啦，她雖然只有十幾歲，可是當仙姑的，就必須要比平常人更早看透生還有死。」

他垂下頭，一語不發。

看透生還有死？而他……究竟是生，還是死？

金勝在拍了拍他的肩，苦口婆心地叮嚀。「本來，做人做鬼，最難的就是要放下執著。最重要的是你們自己要知道什麼事該做，什麼事不該做，心裡要有分寸。」

執著？分寸？

男孩被說得有點慚愧，心情沉重，內心亂糟糟的，不知所措。

怎麼辦？現在和小真見面的話，一定會被她發現異樣的……

他轉身離開醫院，決定先暫時一個人冷靜一下。

只是漫無目的地在街上亂逛，等到回神過來，他已經走入那個充滿著美好回憶的電動遊樂場裡。

電動遊樂場裡的音效聲永遠都是如此紛雜而刺激，每個人的臉孔永遠都被畫面映照得五顏六色……老爸？

他呆住，不可置信地揉了揉眼睛，走近一看，坐在「宇宙傳說ＬＹＳ」機台前的不是老爸還是誰？

「你是……張宇軒？」眼角餘光發現佇立在旁邊的男孩，樂爸站起身，主動和他打招呼。

他的身體瞬間變得有些僵硬，努力想展露笑容，可臉上表情卻是那麼不自然。

是啊，這是張宇軒的身體，不是何允樂的。即便和老爸在路上相遇，老爸也無法再認出他來。

永遠，張宇軒都不會成為何允樂，正如同何允樂永遠不會成為張宇軒一樣。

他勉力強撐著笑容，渾身透出冷意，內心卻又如此清明。

金老師說，做人做鬼，最難的就是要放下執著。

執著了這麼久，是不是到了該放下的時間了？

「何……何爸爸。」男孩深呼吸，終於才喊出一個最適當的稱呼，說出最適當的謊話。「我以前也很常跟阿樂一起來打電動，他真的超強的，我從來都沒有贏過他。真希望，還有機會可以跟他好好ＰＫ一次。」

樂爸露出欣慰的笑容，真摯地感謝他。「謝謝你以前常陪阿樂來打電動，他本來一定等著我回來破他紀錄的。只是……現在機器壞了，人也不可能回到從前。生命就是這樣，我們只能往前，再怎麼不捨，也不能回頭。」

男孩目光隨著樂爸一同看過去，「本機台暫停服務」的告示無情地貼在「宇宙傳說ＬＹＳ」的機器上，徹底宣告了這個遊戲的結束，恍若自己早夭的人生。

「我得走了，你也趕快回家吧，別讓你媽擔心。」樂爸說完，拍了拍他的肩，率先走出電動遊樂場。

他戀戀不捨地望著老爸已經看不見的背影。

宇宙傳說ＬＹＳ，始終已經結束了。

排行榜上第一名的 Ah Le，也早就已經不在了。

銀月高掛，清冷的月華從林間樹梢間灑落，在星月湖湖面上反射出粼粼波光。

星月湖湖畔一反平日的蕭索，周邊擠了滿滿人潮，除了Bruce頻道、聖宇堂信徒之外，就連三宅、大珮也來了。每個人手中都高舉著各式各樣的拍照、錄影設備，仔細調整角度，準備拍攝即將展開的驅魔儀式。

詹曉彤胸前掛著水晶項鍊，垂首坐在一旁等待，止不住地緊張。

湖邊棧道盡頭搭建了個祭壇，供桌上擺滿金燭、法器，棧道旁擺放著驅魔鼓陣，聲勢浩大。

「待會兒儀式開始的時候，如果妳感覺到一些靈動的現象，就表示靈界的朋友已經聚集了，這個時候妳就開始作法，把它們收掉。」湯勝元彎身對著詹曉彤叮囑。

「什麼意思？靈動的現象？」她眨了眨眼睛，聽得不是很明白。

「別緊張，妳記得我之前怎麼跟妳說的嗎？要對自己有自信。妳現在什麼都不要多想，只要照我之前說的，一步一步完成就可以了。我說過了，妳是神明欽點的人。」

詹曉彤吞了吞口水，仍有些不安。「可是，湯老師——」

「聽見沒有？」湯勝元打斷她，每個字都咬著重音，眼眉間忽然透著不容她拒絕的戾氣。

詹曉彤抓緊裙角，垂下頭，驀然十分害怕。

「仙姑，請問可以開始了嗎？」Bruce和助理拿著攝影機，興致高昂地跑過來。

「仙姑準備好了。」湯勝元摟著她的肩站起來，代替她回答，口吻又恢復成平日的斯文溫緩。

「史上最正仙姑詹曉彤，驅魔儀式，正式開始！」Bruce 的鏡頭緊跟著她。

沒問題的，詹曉彤，妳是神佛選中的人——

詹曉彤對自己喊話，自信地踏上棧道，跨步向前，裙袂飛揚。

咚、咚……隨著她的腳步，鼓槌氣勢磅礴地撞擊著鼓面，鼓陣排開，整齊劃一，驅魔鼓樂驟然響起。

「這陣仗也太大了吧？」人群紛紛發出讚嘆，Bruce 頻道的留言更是幾頁幾頁地瘋狂滾動。

詹曉彤在祭壇前就定位，緊握著手中的水晶項鍊，繞著缽爐順時針畫圓。

咚咚、咚咚咚……鼓陣在這時變了節奏，落點急促，激昂強勁，她高高舉起佛鈴，一手指天，一手指地，搖出清脆分明的鈴音，氣勢十足，引來全場叫好。

「太帥了！」

「好華麗喔！」

鏘——詹曉彤將佛鈴重重放到桌上，雙手大敞，兩名聖宇堂弟子立即在她左右手各放了大把線香。

線香舞動，紅光與白煙在空中交織出複雜絢爛的圖形，她以指捏起一張黃符，放在額前與胸口凌空比劃，倏然拋進缽爐裡。

轟一聲，搭配著高亢激昂的鼓聲，缽爐裡冷不防地竄射出橘紅色火舌，紅透半邊湖面，華麗絢爛，芒草無風自動，全場瘋狂驚叫。

「大家快看，靈動了！不可思議！」

「哪裡？」

「那邊！」

Bruce 拿著攝影機，驚喜地大喊：「聖宇堂仙姑好棒喔！驅魔成功，太神奇了！」

全場鼓掌，歡聲雷動。

儀式完成，詹曉彤鬆了口氣，感覺自己全身力氣彷彿都洩光了。她惶惶地轉身，努力穩住發顫的手指，對著大家深深一鞠躬。

這些掌聲，真的是自己應得的嗎？

為什麼……她會有種做錯事的心虛呢？

儀式圓滿結束後，聖宇堂弟子們收拾著現場，人群漸漸散去，空氣仍隱隱浮動著興奮高昂的情緒。

「謝謝湯老師，辛苦了。」信徒們雙掌合十，心悅誠服地向湯勝元道別。

「湯老師，今天太棒了！我跟你說，聖宇堂紅定了！」Bruce也開懷地跑過來。

「紅不紅並不是我的目的，我們只是盡我們的力量，讓這些亡靈回到該回去的地方。」湯勝元抿著一絲笑容，雙手合十地回禮，表現得既謙遜又真誠。

「是是是，Bye。」Bruce和助理阿文交換了個耐人尋味的眼神，別有深意地離開。

「祝福你們，慢走。」

而這一頭，話劇社幾人正圍著詹曉彤嘰嘰喳喳。

「學妹，妳好酷喔！」

「學妹，妳有沒有不舒服啊？」

「還是我們去吃點東西？」

詹曉彤搖搖頭，臉色略微發白，幸好天色很暗，沒有人發現。

「各位，仙姑累了，讓她休息吧。」湯勝元走過來，有些話想單獨和詹曉彤說。

「好吧，那我們先走了。曉彤，早點回家休息喔！」大珮和三宅依依不捨地離開。

「還好嗎？」湯勝元走上前，關切地拍了拍她。

詹曉彤勉強地點了點頭，神色十分不安。

看她這副模樣，一定又是在懷疑自己了。湯勝元出聲安撫。

「妳看，妳剛剛的擔心是多餘的，如果妳沒有天命的話，剛剛的儀式，怎麼會進行得這麼順利自然？正所謂萬古功名有天命，浩然攜手上春台。放心，不管發生什麼事，老師會承擔一切的。」

詹曉彤定定地望著湯勝元，點著頭，可內心仍有幾分驚懼。

她真的沒想過當初一顆無心的小小石子，竟會如同雪球般越滾越大，發展到如今這種超過她想像與控制的地步。

湯勝元也離開了，但她心中滿懷罪惡感，無法消除，只得趁著無人發現時，偷偷地走回祭壇，雙手合十，對著湖面喃喃自語。

對不起，她真的不想這樣的。

她當初真的只是想要好朋友而已……

對不起、對不起、對不起！

她默默地吐露心聲，安撫自己。但轉身離開時，沒發現黑夜中的湖水悄悄漫上了棧道，窺伺潛伏地跟在她身後，如影隨形。

手機壞掉之後，住院生活更無聊了。

阿樂都沒來看她，不知道在做什麼？

打不通她的手機，他一定很著急吧？

謝雅真躺在病床上，兩眼無神地盯著天花板，胡思亂想。

「Surprise！很好吃喔！」不知何時跑來的阿宏、阿修手裡提著一大堆食物，蹦到她面前。

「你們怎麼來了？」她訝異地坐起來。

「仙姑住院，我們當然要來看啊。」阿宏、阿修笑嘻嘻的，停頓了一會兒，小心翼翼地左右張望。「美枝姊咧？」

「不在。」

「哈哈！不在就好，不然我們會被念。」兩人鬆口氣，阿修喜孜孜地拿出便當，打開盒蓋，放到她手裡。

「妳看，我知道醫院東西一定不合妳胃口，所以做了便當。」

她低頭一看，便當裡的荷包蛋上居然用番茄醬擠了個大大的笑臉，很阿修，很溫暖，瞬間讓她鼻子有點酸酸的，好感動。

「仙姑，我們不知道妳跟老師發生什麼事啦，不過老師昨天一聽說妳住院，也是急急忙忙的，先是跑去菜市場買最貴最新鮮的牛肉，接著又跑去廚房幫妳燉牛肉湯……妳也知道他嘴巴講講，念歸念，其實還是很關心妳的，妳就不要再怪他了啦！而且，我們都是站在仙姑這邊的喔！」

「我已經不是什麼仙姑了啦。」她感受到阿宏、阿修的溫暖，想起這幾天被金老師趕，被媽媽不諒解，被隔壁病人家屬指責的種種，一時間無法克制，眼淚大顆大顆地掉下來。

她一哭，阿宏、阿修便手忙腳亂，拚命講話安慰她。

「哎喲……有時候就是會有些亂七八糟的事情，不是每件事都這麼順利。金老師以前也教過我們，不管發生什麼事情，只要把當下眼前的事情做好，這樣就對啦！」

「對啊，妳比我們兩個人聰明，又是仙姑，一定可以處理所有事情的啦。」

「不要哭啦，不管發生什麼事，我們和金老師都會陪妳。而且妳不在，濟德宮都沒人陪我們聊天，只有我們跟老師，大眼瞪小眼，小眼瞪大眼……」

阿宏、阿修兩人把眼睛瞪到最大，滑稽得不得了，讓她破涕為笑。

「我們需要妳啦！」見她笑了，阿宏、阿修好不容易安心了。

「不好意思……」病房隔簾後探出一顆頭，大腹便便的趙太太走過來，滿懷歉意。

「對不起，昨天那樣說妳，可以請妳幫我一個忙嗎？」

謝雅真疑惑地皺起眉頭。

「我……如果不是妳，我可能要很久以後才會打開敏成的電腦，很久以後，才會發現嬰兒床還有其他的用品，他都訂好了。如果……妳真的能看見我老公的話，可以請妳幫我跟他說說話嗎？」

嘿嘿，他們的仙姑又要通靈囉！他們的仙姑就是棒！

阿宏、阿修有幾分得意，馬上俐落地接過謝雅真手上的便當盒，搬來了椅子，讓趙太太坐在謝雅真面前。

謝雅真盤腿坐在病床上，雙手在膝上結出手印，閉上雙眼——

「他要我跟妳說，對不起，都是他太不小心，才發生這場意外。對不起，沒辦法和妳一起陪著寶寶長大，但他相信就算沒有他，妳也一定會是一個好媽媽，會把小孩保護得很好，就像妳堅持著保護他一樣。」

趙太太鼻子一酸，抬手抹了抹眼淚。

是的，她會保護孩子，就如同保護她的丈夫一樣。

他們都是她的愛，她生命中不可分割的部分。

「有一個祕密，他一直沒有告訴妳；從妳懷孕的第一天開始，他已經想好寶寶的名字了。他說寶寶的名字要叫冬陽，就像冬天裡的太陽一樣，可以帶給媽媽溫暖。」

冬陽、冬陽，真是個好名字。趙太太在心中反覆默念，眼淚越落越凶，如果可以的話，真希望能親口聽他說這些話……

謝雅真睜開眼睛，有點傷腦筋地說：「他叫妳不要再哭了，他很怕看到妳哭的樣子，他會不知道該怎麼辦。」

趙太太失笑，幾乎都能想像先生此時說話的神情與口吻，就如同還陪伴在自己身邊時一樣。

「他希望妳不論面對什麼事情，都可以帶著笑容，因為他相信妳的笑容，絕對可以帶給身邊很多人力量。」

趙太太滿臉淚水，又哭又笑，哽咽地說：「妳可以幫我跟他說，我很愛他，我會好好守護我們的孩子，我一定會好好守護我們的孩子……」

謝雅真點點頭，繼續轉述——

「他說，謝謝妳一直沒有放棄他，他也會永遠愛妳。」

「謝謝、謝謝……」趙太太掩面痛哭，頻頻點頭，不知是在向先生道謝，還是在向謝雅真道謝。

病房門口，美枝始終悄悄注視著這一切，百感交集。

少年的房間布置得溫馨舒適，和日記裡的憤怒與指責截然不同。

他環顧著房內本該屬於少年的一切，手裡捧著少年的日記，千頭萬緒。

想和爸媽再去露營

想在溪邊玩水

想看星星
能再一起出去該有多好
我討厭我的身體

他伸出手，細細撫過日記上那深刻用力的字跡，將那張夾在日記當中的照片拿出來，仔細端詳。

照片中的張宇軒反戴著棒球帽，坐在營帳旁。他靠著父親的肩，挽著母親的手，在鏡頭前比了個大大的「V」。

他的膚色雖然十分白皙，身材看起來也有點瘦弱，笑容卻非常燦爛。

這是屬於張宇軒的回憶，屬於張宇軒的人生，當然，更是屬於張宇軒的身體……不管張宇軒討厭或喜歡，即使張宇軒想放棄，那都是屬於他的，不是任何別人的。

嘎——門扇被推開，宇軒媽媽拿著摺好的衣服走進來。

「媽。」他立刻將日記藏起來，若無其事地打招呼。

「衣服幫你摺好了放這邊，然後宇軒，這是媽媽幫你求的平安符，想說給你戴在身邊，保個平安。」宇軒媽媽將衣服放到床上，平安符壓在最上頭，為了怕兒子反彈抗拒，只敢輕輕帶過這話題。

「謝謝媽。」

「早點休息。」宇軒媽媽就要走出去。

他驀然出聲。「媽，妳有空嗎？可以陪我聊個天嗎？」

宇軒媽媽停下腳步，眼底藏不住驚喜。「好啊。」

自從兒子出現憂鬱傾向之後，她和兒子之間彷彿有了一道無法跨越的高牆，誰也無法走近對方。兒子此刻願意主動找她聊天，簡直令她受寵若驚。

「媽，我這學期參加了話劇社，認識了一群超酷的朋友，他們很照顧我。而且，我加入棒球隊了，我覺得還是要好好鍛鍊一下自己的身體。」

朋友？話劇社？棒球隊？鍛鍊身體？宇軒媽媽簡直不敢相信耳朵聽見的。

「媽，對不起，最近常常為了練球蹺掉花藝課。」男孩抓了抓頭，淘氣地笑著。

「但我覺得，可以做自己喜歡做的事情真的超棒的，妳放心啦，我一定不會學壞的。」男孩拍胸脯，用力保證。

「宇軒，媽媽好開心你跟我說這些話。」宇軒媽媽點點頭，抹了抹眼角，眼裡似乎有淚光。

男孩粲然一笑。「媽，我們是不是很久沒有跟爸一起出去了？」

「對啊。」宇軒媽媽點了點頭。

「那，我們可以一起去露營嗎？」

「當然好啊，你以前最喜歡露營了。」

「那下個禮拜我們就一起去，要記得跟爸爸說喔。」

「好，我現在就去告訴他。」宇軒媽媽藏不住期待，立刻起身。

男孩跟著站起來，冷不防張開雙臂，給了宇軒媽媽一個大大的擁抱。「媽。」

宇軒媽媽睜大雙眼，不可置信，眼淚幾乎奪眶而出。

好溫暖……

兒子的肩膀是何時變得如此厚實，性格又是何時變得如此乖巧的呢？

「乖兒子、乖兒子。」宇軒媽媽感動得直抹淚，緊緊抱住已經比自己還要高大的兒子，不住輕撫他的背脊。

謝謝妳，我會努力讓一切回復正常的。

宇軒媽媽離開後，他拿出手機，發了一則訊息之後，望著天花板，若有所思。

好不容易，腦震盪觀察期結束，謝雅真總算能夠出院了。

「媽買了一支新的手機給妳，剛從醫院回來，妳也累了，早點休息。」回到家之後，美枝將新買的手機交給她，走出謝雅真的房間。

其實，她已經逐漸接受女兒的情況，也不再生金老師的氣，只是心裡還沒做好準備，不知道該怎麼和女兒談。

謝雅真嘆了口氣，也不知該如何解開與媽媽之間的僵局，只好先解決手機。

裝好 SIM 卡，打開新手機，畫面上跳出好幾通來自阿樂的未接來電提醒，最後一則也是阿樂的訊息。

「小真，身體好多了嗎？

對不起，都沒有去醫院看妳，這陣子忙著好好鍛鍊張宇軒的身體。

有件事，我不能自己做決定，想找妳一起討論，我們明天天台見。」

她瞥了眼時間，心想現在也晚了，明天就能見到阿樂，明天再說好了。

她拿著手機，沉沉地進入夢鄉，卻沒料到，離別總是來得措手不及。

「您好，您所撥打的電話已關機。」

隔日，她依約來到天台，可無論怎麼撥打男孩的手機，都沒有回應。

她納悶地看著手機，在天台等了很久，才決定走回教室，廣播便傳出一聲聲令人心慌意亂的公告——

「二年十六班，謝雅真同學，聽到請立刻到教官室。重複一次，二年十六班，謝雅真同學，立刻到教官室。」

不安毫無預警地襲來，彷彿扼住她的脖子，令她無法呼吸。

14 揭穿

「……請不用擔心，檢查報告過幾天就會出來了，我再請醫生跟你們解釋。」房內，只聽得見護理師安撫家屬的話語。

怎麼會這樣？

趕到醫院的謝雅真與離開的護理師擦身而過，腳步沉重，手足無措。

病床上，躺著的是陷入昏迷的張宇軒。她的視線從他臉上的呼吸器移到點滴，最後落在低低哀泣、面色凝重的宇軒父母身上。

「叔叔、阿姨好，我是宇軒的同學，我叫謝雅真。請問宇軒的情況還好嗎？」她猶豫不安地開口。

宇軒媽媽聽到她的名字，神情一變，帶著怒氣起身。

「妳就是謝雅真？我問妳，為什麼宇軒在房間明明上一秒還好好的，然後就忽然……忽然不醒人事。」她心急得口不擇言，把不安、恐懼都發洩在眼前的少女身上。

「妳是不是做了什麼刺激他？妳是他最後聯絡的人！」

「妳冷靜一點，妳不要對人家這樣。」宇軒爸爸趕忙出聲阻止妻子。

「你叫我怎麼冷靜？兒子都已經快死了！」

「我知道妳很急，可是妳別這樣！」

母親的咆哮與父親的壓抑同時傳進她耳裡，讓她心好慌，連呼吸都哽住……

「伯母，不好意思！」謝雅真急匆匆地拋下這一句，轉頭跑出病房，彷彿用盡了全身力氣。

阿樂，你在哪裡？你們不是約在天台嗎？為什麼你又失約了呢？

她強忍著淚意，茫然地在醫院裡走著，找了個沒有人的候診區，愣愣地坐下。

眼眶好熱、鼻子好酸，彷彿有什麼就要衝出胸口，可是，現在還有更重要的事情等著她去做。

她努力不讓眼淚湧出，緊緊閉上眼睛，拚命寧定心思去感知……

過了好一會兒，她怔怔地張開眼，深吸了口氣。

什麼都沒有……為什麼……

沒有阿樂，也沒有張宇軒……只有一個悵然若失的她。

她一直提醒自己，會有這麼一天，早就知道應該要面對的。

可是為什麼，當這一刻真的來臨，她還是一點辦法也沒有呢？

喀！美枝打開家門，一邊換鞋，一邊把手上的菜放下，才轉身，卻看見坐在沙發上的謝雅真。

這時間怎麼還在家裡？她驚訝地問：「妳怎麼沒有去學校？」

「不舒服啦……」謝雅真不知該怎麼說，只能小聲又含糊地說了個理由。

「不舒服？」美枝看了看女兒的臉色，趕忙放好東西，倒了杯熱飲端給她。「哪裡不舒服啊？」

謝雅真捧著熱熱的杯子，搖頭。

她不知道該怎麼說，更何況，說了媽媽可能也不會懂……

這種表情說沒事誰會相信啊？美枝嘆了口氣，在她對面坐下。

「我知道妳還在生媽媽的氣，媽有時候真的太衝動了，沒有顧慮到妳的感受。」

謝雅真訝異地抬頭，完全沒料到媽媽會這麼說。

「這幾天我一直在想，如果我是妳，會有什麼樣的感覺？看到的世界，都跟別人不一樣，不能說，也沒有人會懂……」

她努力試著揣摩小真的心情，想更了解女兒一點。

金老師說得沒錯，她才是那個最該接受小真能力的人。

不論有沒有陰陽眼，小真都是她的寶貝女兒，她本來就該接受孩子最真實的模樣，而不是以平安健康為理由，要求小真捨棄與生俱來的天賦，並且一味逃避、打壓、阻止、抗拒。

她自以為在保護女兒，實際上卻將她推得遠遠的。

「媽媽對不起妳。」美枝鄭重地向謝雅真道歉，卻差點道出她滿面淚水。

媽媽終於試圖理解她了，她真的很感動，很想哭，又覺得很溫暖。

謝雅真用力地眨眨眼睛，努力不讓眼淚掉下來。

「怎麼啦？發生什麼事啦？」看女兒眼睛紅紅的，這麼壓抑、傷心，連學校都不去了。美枝坐到她身旁，關心地問。

謝雅真輕輕搖了搖頭，不知該從何說起。

「怎麼可能沒事？妳看妳這個臉，跟妳爸當年走的時候，媽媽的臉是一模一樣。」

謝雅真愣愣地注視著媽媽。

她從來沒聽媽媽提過……原來媽媽也曾經跟她一樣，會茫然又心痛嗎？

「記得那個時候妳才三個月大，我都不知道怎麼面對，不知道日子該怎麼過。但是妳看，妳現在都十七歲了，不是這樣就撐過去了？也許這就是老天爺給我們的考驗，過了就好。」

美枝露出微笑，安慰地抱了抱女兒，攬著她的肩。

「不管發生什麼事情，媽媽都會陪在妳身邊，知道嗎？妳是媽媽的心肝寶貝。」

心肝寶貝？是嗎？眼淚再也無法控制地奪眶而出，謝雅真好慶幸此時此刻，有媽媽陪在身旁。

她牢牢握著手中的熱飲，感覺原本天寒地凍的胸口注入了涓涓暖流。

但願有朝一日，這些心痛、茫然與不安，都會隨著歲月流轉，雲淡風輕。

濟德宮的午後清閒不已。

美枝從宮廟的側門緩步走進大殿。

金勝在趴在桌上，無所事事。阿宏、阿修兩個人窩在大殿，這邊擦擦那裡翻翻，沒事裝忙。整個宮廟裡冷冷清清，少了幾分熱絡與煙火氣。

美枝下定決心，走向金勝在，將手中的提袋擱在桌上，拿出帶來的禮物，大方地招呼三人。

「阿宏、阿修，過來吃東西。」

美枝?!金勝在一愣。她過來這是……

「美枝姊多謝，這進口的，看起來很好吃！」

美枝看著阿宏、阿修，關心地問：「最近宮廟生意好嗎？」

「小真不當仙姑了，生意哪會好？信徒少很多欸。啊這些光明燈的電費，還有其他的開銷——」阿修好像開了開關，一下子什麼都吐出來了。

北七喔！阿宏趕緊打斷他。「阿修你看，這什麼？這精采的耶！走啦！」

「我們這裡都冷冷清清……」阿修還搞不清狀況，繼續講。

「來！快點啦！」阿宏真的要被氣死，直接把人帶走。

三言兩語中，美枝已經了解濟德宮目前的狀況。她若有所思地低下頭，打開要給金勝在的禮物，剝了顆糖果遞給他。

金勝在忐忑地接過糖。「謝謝。」所以現在這樣是……來算帳的，還是示好啊？

「其實小真……也不是不能繼續當仙姑。」美枝緩緩開口，抬頭看著金勝在，堅持地道：「只是以後任何事情，不准先斬後奏。」

齁，害他這麼緊張，幸好是示好。

金勝在懸著的心終於能放下來了。

「抱歉啦，以後有什麼事情會先跟妳說。」一直瞞著她，他心裡也不好受啊。

「是我比較抱歉，之前都說一些不好聽的話。但是你也知道，一個媽媽為了自己的孩子……」她低著頭，剝著手中的糖果紙。「我以前都用我自己認為對的方式在保護小真，其實，我還有很多不懂的和顧不到的，以後就要拜託你了。」

既然話都說開了，那就都說了吧！美枝定定地看著金勝在。

「在我的心裡，我們早就是一家人。小真就麻煩你好好照顧，望你牽成。」

「我知道啦，妳講那麼多，害我也不知道該怎麼辦？不知道小真是不是願意讓我照顧……」金勝在低低地說。美枝的話讓他有些欣慰、歹勢，也有些不確定。

「不用煩惱，小真是你從小看到大的，她的個性你是最清楚的啊，慢慢來。」美枝滿臉笑容，鼓勵他。

雨過天晴，金勝在心情好得不得了，點頭。「好。」

忽然間，阿宏、阿修打斷了兩人難得的親近，拿著手機湊過來。

「美枝姊！」

「幹嘛啦？」金勝在沒好氣。不會看眼色嗎?!真是要被這兩個氣死！

阿宏趕緊把手機拿到金勝在面前，點開影片。

「老師，你看，好像出事了——」

一段不帶溫度與感情的新聞快報隨即跳出來——

「因網紅影片而爆紅的聖宇堂，和擁有史上最正仙姑稱號的詹曉彤……」

亂哄哄的教室只因為老師走上講台、開始講課而稍微安靜了一會兒。

「好了好了，開始上課囉！大家坐好。大家翻開五十二頁念《赤壁賦》。壬戌之秋，七月既望，蘇子與客泛舟，遊於赤壁之下……」

穿插在老師朗誦的課文間的，是學生們正偷偷討論的一段影片內容。壓低的聲音與八卦的激動情緒衝突地化為一種低頻的噪音。

為什麼？是她想太多了嗎？為什麼她覺得有很多人往她這裡看？

詹曉彤垂下視線，發現自己的心跳越來越快，越來越慌。

哪裡出問題了？難道是那天的驅魔儀式……

「林眾甫，手機收起來！清風徐來，水波不興，舉酒屬客，誦明月之詩，歌窈窕之章，少焉……上課時間安靜一點！手機收起來！」老師一邊念課文一邊管秩序。

可惜，躁動的高中生對八卦與爆料的興趣遠遠超過古文，更何況爆料的主角就在這間教室裡——

「詹曉彤耶！你說影片上的那個？」

「對，就是她。」

竊竊私語挾著打探、驚訝、不屑與指責的目光，尖銳地刺在她的身上。

又來了……她又變回了以前的那個詹曉彤。如果可以把自己縮起來，一直縮小，直到消失就好了……

「很扯耶，超假的！」

「真的是她耶！」

「虧我們大家之前還相信她，她都不會覺得對不起我們？」

她強裝著不在意別人的視線與碎語，好不容易撐到下課鐘響。離開教室，她腳步虛浮地行經走廊、川堂、樓梯，來到圖書室的一角。

慌忙找了個沒人的位置坐下，她趕緊拿出手機，點開影片。

「This is Bruce everyday, What's up? 大家是不是很期待驅魔系列最後一集？我自己也很期待，因為這一集要告訴大家，前面三集都是假的！什麼湖邊見鬼啊，是我助理小文裝的，什麼驅魔、靈動、那棵樹，是我助理小漢搖的，通通都是假的！聖宇堂就是一個招搖撞騙、怪力亂神的地方，什麼仙姑？什麼手環？都是騙人的！」

一股冷意從手心竄入四肢，流入心臟。詹曉彤顫著手，勉力才能拿著手機，繼續點開另一支影片。

畫面上是神情嚴肅而誠懇的湯勝元，正在向眾人澄清——

「各位、各位，不要擔心，聖宇堂是絕對不會造假的。詹曉彤謊報通靈在先，夥同網紅 Bruce 抹黑本堂在後。仙姑詐騙屬實，我們立即解除其職務了。」

詹曉彤恍惚地看著湯勝元的嘴一張一合。

「她從今以後，跟本堂再沒有任何的關係。當然，本堂也是受害者之一。」

她茫然地放下手機。湯勝元的聲音漸漸遠去，但她的耳邊仍在嗡嗡作響，彷彿有什麼罩住了她，也隔離了這個世界。

一滴水倏地滴在手機旁。

她愣愣看著桌面，眼神空洞，好像沒有反應過來。

另一滴水滴在她的手機上。

耳中仍是轟隆轟隆的，忽大忽小，有個低低的聲音漸漸穿透而來。

那聲音是從哪裡來的呢……

詹曉彤……

詹曉彤抬起頭，失神地望向天花板。

只有風扇繼續轉動著。

穿過修剪合宜、帶著禪意的日式庭園，金勝在跟在一位聖宇堂師姊的後面，一邊打量著環境，一邊走過禪堂的外廊。

湯勝元坐在廊下，窗簾遮蔽日光，掩住他大半身體。他怔怔地望著庭院，好像對金勝在的到來毫無所覺。

師姊將人帶到便離開了，留下沉默的兄弟倆。

金勝在走近湯勝元，順著他的視線看過去，心裡哼了哼。

「你窗簾這樣遮著，是能看到什麼地方？」他先打破沉默。

湯勝元動了動，偏過頭，好像有聽見，又好像沒在聽。

「那才只是一個十幾歲的女孩子而已，你到底在想什麼？」那女孩跟小真一樣年紀欸，沒被好好引導，反而卻被利用，他良心怎麼能安啊？

金勝在看湯勝元似乎毫無反省，還一副油鹽不進的模樣，口氣更沉重了。「如果你還是這種態度的話，我看你乾脆把這個地方收起來算了啦！你都一直不知道爸爸為什麼把廟給我不給你，我現在就告訴你。你第一次騙宮廟的時候才八歲，他說你這個人自私自利，就算不偷、不拐、不騙、不搶，也是心術不正。」

本來還以為這個弟弟離家之後，會在外面學到經驗和教訓，也會因為經營宮廟重新認識信仰與反省，但現在看來，他根本就還是阿爸口中那個無法傳承責任的兒子啊，最慘的是，現在還連偷拐搶騙都來了。

胡說八道！阿爸才不是這樣講！阿爸都說他很聰明，比阿兄更聰明！

「阿爸哪有可能這樣說?!阿爸常常說我很聰明、很難得！」湯勝元氣急敗壞地否定金勝在，也像是要肯定自己。

但金勝在看著他惱羞成怒的神情，皺起眉頭，嚴肅地提醒他。「你忘記他還有說一句：很可惜……」

金勝在緩緩站起來，揭開廊下的簾子。陽光霎時灑落在湯勝元身上，一切都明亮了起來。

「阿元，哥是真心希望你能走正途。」他站在廊前，語重心長地看著弟弟。

「你說完了沒？請你回去。」湯勝元低下頭，看著腳下的石板地，淡淡地開口。

兄弟和解或反省的溫馨場面並未如預期中的出現，金勝在心中是說不出的失望，沉沉吐了口氣，從皮夾中取出一張泛黃的舊照片，交給湯勝元。

「這張照片放在我這，太沉重了。」

往日時光，是再也回不去了。但這張照片，希望還能提醒他……

金勝在轉身離開，獨留湯勝元坐在廊下。

湯勝元拿起照片，眼眶不由自主地泛紅，手指竟微微發顫。

照片上，年幼的兄弟倆一個站在父親身邊，一個坐在父親的腿上，看起來是那樣溫馨而令人懷念。

正信渡世……是不是，他從沒將爸爸的話聽進心裡？

15 掙扎

同樣的那間病房，宇軒爸媽的態度卻大不相同。

可是，對她來說，這樣似曾相識的場景還是讓人胸口悶悶的，喘不過氣。

「小真，妳好，我太太上一次就比較急，所以態度比較不好，對不起。」宇軒爸爸誠懇地看著謝雅真，小心翼翼，充滿期待。「我聽我太太講，說妳是濟德宮的仙姑，醫院說現在完全查不出來宇軒昏迷的原因。我是想說如果，妳真的是仙姑，能不能請妳幫幫我們？」

講到最後，焦急的宇軒爸爸也哽咽了。

「醫生說，再這樣下去並不樂觀，應該沒有別的辦法了……」坐在一旁的宇軒媽媽怔怔地望著半空，似乎用盡力氣才能開口。「我一直怪我自己，沒有辦法生給他一個健康的身體，讓他這麼痛苦、這麼難受。其實……我也知道，暑假在學校後山發生的那一次意外，並不是單純的溺水。」

什麼？原來……張宇軒不是溺水？謝雅真愣住，瞬間想起張宇軒在日記上那些黑暗的念頭與控訴，心裡頓時更難受了。

「我以為事情終於可以變好了，終於，我們有機會可以重新開始了，可是他後來又……」宇軒媽媽說著說著，忍不住放聲痛哭，求救般地問：「小真，妳可以幫我嗎？我真的不知道該怎麼辦？宇軒……媽媽對不起你！」

為什麼，她又要遇上另一個心碎的母親？為什麼每當她想要任性一點點、擁有自己的生活，感受平凡人的快樂時，總是會有人傷心？

她是仙姑，所以就不能擁有這些了嗎？

但或許這一次，自己能幫助另一個心碎的母親，不再是無能為力。只是……

謝雅真忍著眼淚點頭。

「阿姨，我試試看，妳可以告訴我張宇軒是在哪裡溺水的嗎？」

而這時，舊團部的話劇社社辦也瀰漫著一股無力與苦惱。

「招生期剩三天，片子不知道拍不拍得完？小真不在，宇軒請假，曉彤又被說是假仙姑……」鳥哥很無奈。怎麼所有的事都擠在一起發生？

「曉彤才最難過吧，人都不知道跑哪裡去了？」小龜很低落，無力地趴在桌上。

大珮看三宅個個萎靡不振、心情不佳，也很難受，出言鼓勵大家。

「好啦，學長，我覺得曉彤她一定不是故意要騙我們，那不然我們把劇本改一改啊，改完我們還是可以繼續拍嘛！對不對？嗯？」

沒錯！女神都說話了，鳥哥立馬接口。「好，既然有學妹的正能量加持，這片子一定可以順利拍完。大家打起精神，動起來！動起來！快點，去找一下有哪些道具可以用？快點！」

小龜與胖達沒異議，立刻行動。

「對了，我們上次在電視台攝影棚不是有找到很多道具嗎？應該有拿回來吧？」鳥哥靈機一動。

「有啊。」小龜在社辦角落翻找，沒多久，就找到一個畫著靈乩圖的紙板。那是請碟仙的道具。

「欸欸，看我找到什麼！」

幾人同時湊過來看，心中忽然浮起一個主意——

關了燈、拉起窗簾、點上白色蠟燭、清出桌面，將倒扣的白色小碟子放在圖紙中央，桌邊一束檯燈的光線直照圖紙。道具布置完成，三宅分別把食指輕輕放在小碟子底部。大珮則拿著相機，站在一旁記錄請碟仙的過程。

「碟仙、碟仙請出來……碟仙、碟仙請出來……碟仙、碟仙請出來！」三宅屏氣凝神，喃喃念著請碟仙的話語。

既然失去仙姑、驅魔少女，他們乾脆來拍個碟仙場景，這樣影片有效果、也很吸引人吧?!等影片拍好播映的時候，吉他社熱舞社……哼哼，都要閃邊啦！

「等一下啦！我還沒說可以動。」一看圖紙有動靜，大珮趕緊出聲。這不在她的劇本中啊！

「不是我！」胖達立刻澄清。

「也不是我……」小龜聲音抖了。

「不是我！」鳥哥也開始怕了。

沒有人出力，小碟子卻在圖紙上緩緩動了起來。

碟仙真的被招來了？

三宅心很慌，視線卻緊緊落在那個不知被什麼力量催動的碟子上。

胖達顫抖著聲音問：「是……是阿樂嗎？」

碟子移動到一個字之前，停住了。

小龜看著圖紙念出來。「否……不是？」說完，緊張地抬頭掃了其他人一眼。

不是阿樂，那會是……

「那你是誰？」鳥哥強撐著繼續問。
碟子再次動了起來，陸續停在三個字之前。
三宅不禁跟著說：「好、朋、友。」
鳥哥吞了吞口水，與小龜、胖達互相看了看，緊張又害怕地開口。「那請問，你是胖達的朋友？還是小龜的朋友？」
碟子又動了，又是分別停在三個字之前。
大珮彷彿忘了手上的相機仍在錄影，怔怔地放下相機，整個人湊近圖紙看著。
「詹、曉、彤——啊！」
情況越來越不對勁，心裡的恐懼也累積到頂點，三宅憋不住了，嚇得大叫，鳥哥跟胖達甚至放開了手，只剩下小龜還辛苦地維持請碟仙的動作。
「你們幹嘛啦？這樣會出事啦！」小龜大喊。怎麼辦，請到一半被中止，這不是大忌嗎？
胖達急忙辯解。「我又不知道！」
鳥哥突然沉默下來，臉色刷白，手指顫抖地指著社辦門口。
大家同時循著他的目光看過去，差點沒被眼前的景象嚇壞——
詹曉彤披著長髮，雙手握拳，身體不自然地微微顫動，眼神也很不對勁，彷彿帶著陰森恨意，狠狠地瞪著他們。

「曉彤?!」

她是什麼時候來的?三宅跟大珮心驚。雖然曉彤原本皮膚就很白,但現在白成這樣像話嗎?

四個人被她看得心裡發慌,面面相覷,誰也不敢先說話。

「學妹,妳的臉色也太差了吧……」終於,胖達用盡膽量地開口。

詹曉彤卻沒回應,只是緊咬著雙唇,身體仍持續著極不自然的微微顫動。

曉彤怎麼了?這、這……是不是有點像小真演的中邪角色?

大珮與三宅的心中同時浮上疑問,但越思考就越恐懼——

眼前這個人,真的是曉彤嗎?

離開醫院之後,謝雅真往學校後山的方向走,直奔星月湖。原來,張宇軒是在這裡出事的。

這時間的後山並無人煙,被樹林包圍的星月湖籠罩著一股淡淡的水霧,幽幽靜靜,雖然仍有陽光,但的確有種讓人不寒而慄的陰森感。

她緩步走在湖邊步道上,定心感知周遭的動靜。

既然事情就發生在星月湖，那麼張宇軒的靈魂應該會離這裡不遠。

驀然間，一陣手機鈴聲打破寧靜。

「喂？小真妳在哪裡？」大珮著急的聲音從話筒的另一端傳來。

「我在學校後山啊！」她回答，但手機收訊不佳，大珮有聽到嗎？

「喂？喂喂喂……小真妳有聽到嗎？喂？」

「大珮？喂？喂？」

訊號斷斷續續，始終沒能順利通話，謝雅真無奈地掛斷電話。回撥過去也是收訊不良吧？只能等等再說了，還是先忙眼前更急迫的事吧！

她繼續沿著湖邊走，忽然感覺到一絲異樣，趕緊閉上眼、集中精神感知——有了！

她張開眼，圓圓的眼睛裡竄上一絲驚慌，急忙邁開步伐，往湖邊的棧道奔過去。

原本空無一人的棧道盡頭，突然出現了兩個身影。

遠遠看去，詹曉彤神情恍惚，好像失了魂魄，雙眼空洞地望著前方，而她的身旁站著一個穿著白底黑色條紋衫與黑褲的男孩，渾身濕淋淋的，似乎剛從水中出來，頭髮垂貼著臉頰，面色白得詭異——

張宇軒？她認得這張臉，認得他，這陣子以來，他時常陪在她身邊……

似乎有所察覺，張宇軒僵硬地轉過來面向她，又垂下視線看向詹曉彤。

一個若有似無的氣音，微弱地飄散在空中。

詹曉彤……來……

不是吧？他想帶走曉彤？

「張宇軒！」謝雅真心裡一緊，出聲大吼。

嘩的一聲，詹曉彤與張宇軒瞬間便落入湖中，水花四濺，觸目驚心。

不能讓他們就這樣消失！快、再快一點……她趕緊甩了書包，跑向棧道。

一落水之後，詹曉彤便清醒了，在水裡拚命撲騰，激起猛烈水花。她用力地仰著頭划著水，極力掙扎著呼吸空氣，不讓自己沉下去。

撐住！想也沒想，謝雅真急得跳下水，奮力游向詹曉彤。

這時，湖邊傳來一陣此起彼落的吵嚷，聲量有大有小，有懷疑也有呼喊。

「──曉彤？詹曉彤？你們確定她有來後山嗎？」大珮與三宅一路喊著。

剛才在社辦，曉彤莫名地出現又忽然離開，他們被一連串的不對勁驚了好一會兒，才趕快收拾道具，一起出來追曉彤。

「有，有學弟說看到她往這邊走。」鳥哥語氣肯定。

一路問人，都有人看到曉彤經過，但到了後山，越是靠近星月湖就無人可問，手機訊號也幾乎等於沒有，他們只能一路呼喊，一邊往湖邊找。

「怎麼都沒有訊號啊？」大珮喃喃念著。這時候要是能聯絡上小真就好了。

倏地，走在最前面、靠近湖邊棧道的小龜慌張地喊著其他人：「前面！前面！」

「曉彤！」

大珮與三宅錯愕地看著前方，星月湖湖面的水花翻得激烈，那是不停地揮舞雙手，用力將頭探出水面的詹曉彤，以及一個正游向她的身影。

「謝雅真！」大珮焦急地大喊。

只見謝雅真游近詹曉彤，伸出雙手想拉住人，可是下一瞬間，她整顆頭忽然沉入水中，遲遲沒有浮出水面。

救人要緊！小龜跳下湖游向仍在掙扎的詹曉彤，一把抓住她，拖著她上岸。

「曉彤！快！先拉曉彤！」大珮、鳥哥與胖達守在湖邊，七手八腳地接過小龜手裡的曉彤。此時，濕透的她已經失去意識。

安頓了曉彤，大珮著急地站起來看向星月湖。

「小真呢？小真！謝雅真！」

怎麼都沒有小真的身影？她越喊越慌亂，聲音也越發哽咽。「小真！謝雅真！」

但即使用盡力氣地呼喊，湖面仍舊平靜，好似剛才什麼事都沒發生。

雨水不知從哪裡飄來，滴滴答答地落在湖面，打出漣漪，化散了他們的聲聲呼喚。

好安靜……

昏昏沉沉、恍恍惚惚，謝雅真不知道自己怎麼了，只覺得身體輕飄飄的，好像浮在半空中。應該不安，心裡卻非常寧定，是最近好久沒有感受過的舒服與柔暖。

好像她的不安、害怕與畏縮，還有一直盤踞在心中的疑問，終於將要放下了。

她張開眼睛，感覺自己躺在草地上，坐起來想看清自己在哪裡，入眼竟是一片白茫茫，是數不盡的白芒草。

芒草被山風吹得搖擺不已，像白雪似地包圍著她。

奇怪，她怎麼會在這裡？

她只記得自己剛才要救曉彤，沒多想就跳進湖裡；然後她一直游、一直游，心裡好著急，好怕來不及救人，可是快要拉住曉彤的時候，卻瞬間失去意識了——

這裡到底是哪裡？她仍在山上，卻不是在湖邊。

天空很亮，亮得她有點睜不開眼，遠方，有個亮晃晃的身影朝她走來，臉上掛著比任何光線都還要燦亮的笑容。

那是……她激動地站起來，眼眶逐漸熱了。

那是她心心念念的身影啊，誰也不能取代的存在。一個如同陽光般明亮，照進她孤單寂寞的世界，眼裡全是揉碎的星光的男孩。

「小真。」男孩跑過來，溫暖的笑臉在她眼前逐漸放大。

「阿樂……」淚意洶湧，謝雅真用力吸了吸鼻子。

雖然不知這裡到底是哪裡，為什麼還能見到阿樂，但還能與他並肩坐在一起，真的太好了——

何允樂的目光，永遠還是跟記憶中的一樣溫柔。

「阿樂，我有一些話想要跟你說。」她感覺自己終於能好好地、安心地喊他的名字。「謝謝你，讓我不孤單……一直以來，我都覺得自己只有一個人，可是後來我發現，其實我們身邊有很多很愛我們的人。」

因為有他，她漸漸了解自己，也接受自己的仙姑身分，甚至懂了擁有天命、身為仙姑的意義。

然而，在措手不及間失去他之後，其實，她也漸漸明白自己沒有真的面對失去，這世上也不只有阿樂才了解她，只是當下的她尚未領悟而已。

十七歲的她成為話劇社社長，歷經了大珮回國、曉彤加入話劇社，大家一起努力招生、一起煩惱拍片的種種，都讓她有了歸屬感，發現自己其實並沒有那麼孤單。

在學校，她有大珮跟三宅相伴，在濟德宮，她有金老師跟阿宏阿修，雖然常有意見不合的時候，但現在的她能聽懂金老師藏在碎念跟嘮叨之下的關心。更何況，還有最愛她、願意理解且支持她的媽媽……

她早已不是沒人了解的寂寞隕石了。

「阿樂，謝謝你……」她轉頭看向阿樂，眼淚卻不受控制地落下。「但是我想，有一些事情，還是只能靠我自己去解決。我覺得……我覺得，我……我應該要好好地跟你說再見了。」

說完，她好像承受不住了，垂下頭，只能哭泣。

何允樂靜靜聽著，欣慰地笑了。這就是小真啊，是他最勇敢的女孩，擁有超能力的女孩。

「不要哭了啦！」他輕輕撞了撞她的肩，試著讓她寬心。「上天已經對我很好了，祂已經給我很多機會，可以好好地跟妳說再見。」

真的很好，不但給他一段偷來的時間，還給了他此刻的道別。

雖然，他不知道為什麼自己能擁有第二次機會，但能做的、該做的，他都盡力去做了。或許，這就是上天給予他們的旅程，讓彼此都能好好地放下，不要牽掛吧！

「活著，一切才重要吧！」他笑得好開朗。

他希望心愛的女孩不再自責，不再質疑自己擁有的能力，不再失去笑容。在他眼中的小真，真的很棒，應該要為她自己好好地活著。

謝雅真點點頭，將他的笑容深深烙印進心裡，只是哭得更凶。

他無奈地笑了，伸手抹去她臉上的淚。

相依相伴的時光再好，旅程終究也有盡頭。這次，他真的要離開了。

他站起來，抱緊了臉上猶帶著淚痕的女孩。

謝雅真顫抖著伸出雙臂，緊緊地回擁。她知道，這是最後一次了……

「答應我，好好照顧自己。」用力地抱了下，他鬆開懷抱，雙手放在她的肩上，拉開一點距離，讓自己能直視著她。「不能哭喔！」

阿樂的眼神好像是一種期許、一個誓約，她怎麼能讓這麼愛她的男孩失望？

所以，謝雅真很用力、很拚命地點頭。

得到承諾，何允樂安心了。

「Bye Bye！」他舉起右手，就像以前那樣對她揮了揮。

每一次，他跟自己說再見的時候，都要揮揮手……

謝雅真低下頭，轉過身，下定決心要先踏出離開的腳步。

「Bye Bye……」

她不敢再看阿樂，只能忍著眼淚，望著前方的草地，一步一步走。

這次是真的再見，再也不見了，可是她走得堅強、踏得穩定。

因為她終於有了領悟，更有了勇氣，能夠真的道別，好好地前進了。

這一次，她很勇敢地跟阿樂說了，再見。

昏昏沉沉、恍恍惚惚……

這一次，她是真的清醒過來了。

這裡是醫院的病房吧？謝雅真圓圓的眼睛轉了轉，接著看到了隔壁床的詹曉彤。

詹曉彤坐在床上，見謝雅真的視線移過來，怯弱不安地低下頭。

怎麼辦啊？是不是該說些什麼？謝雅真打破尷尬的沉默，決定先釋出善意。

「曉彤，妳還好嗎？」她開口發問。

其實，她從來沒有討厭或排斥曉彤，只是個性比較慢熟，很少主動親近別人，所以才會總是和巧薇、大珮這樣性格外放的人比較要好，不知道要如何與和自己一樣內向的人相處。

或許，就是因為這樣，才會讓曉彤有所誤會，導致情況越來越失控……

詹曉彤垂下頭，沮喪地應聲。「我沒事。」她對自己很失望，也很自責……

她內疚的模樣讓謝雅真手足無措，眼睛不知看哪裡才好。齁，她真的很不會安慰人，這下要怎麼辦啦？

安靜許久的詹曉彤忽然開口，懺悔似地看著她。

「我從小到大，都是一個人……從第一次在社團博覽會看到妳跟學長，我就很想要跟你們當朋友……造成你們這麼多困擾，真的很對不起！」她囁嚅著想繼續說下去，卻吐不出任何一個字，語氣既消沉又愧疚。

謝雅真搖搖頭，揚起輕快的口氣。「怎麼會？妳幫了大家很多忙耶！影片的劇本是妳寫的，道具也是妳幫大家借的啊！妳還幫我演了我根本沒有辦法演的驅魔少女。如果不是因為妳，我們大家影片根本也拍不成，話劇社搞不好就真的要倒社了。」

齁，她真的拚了啦。安慰別人真的不是仙姑的強項啊！處理阿飄還比較輕鬆簡單多了……不過，她會努力辦到的！

她走到詹曉彤旁邊坐下，伸手輕拍了拍她的肩。「沒事啦。」

詹曉彤怔愣地看了看她，拚命忍住快掉下的眼淚，朝她點頭。

也許，曉彤是總覺得自己不夠好，一時間才沒辦法放下愧疚吧？

謝雅真本來還想說些什麼，忽然間，一股異樣感竄入她的意識，她循著那股異樣感的方向看過去——

張宇軒站在敞開的病房門口。

不，應該說是張宇軒的靈魂，那個擺盪在生與死之間、流離失所的蒼白靈魂。

倏忽間，她知道自己能夠做什麼了。

她站起身，引導著張宇軒飄蕩許久的靈魂來到另一間病房。

病房內，男孩虛弱的身體躺在病床上，遲遲沒有等到想歸返的靈魂。而男孩的父母親趴在一旁，壓抑著聲音默默哭泣。

「……你爸媽說，他們怪自己，沒有生一個健康的身體給你，才害得你這麼痛苦。」她站在門口，被眼前的畫面觸動，心裡有些難受。「大人總是用一些很煩的方式在對我們，但其實，他們只是希望我們可以開開心心地過生活。」

想起濟德宮，想起金老師跟媽媽，她轉頭看向一直望著房內的張宇軒，很掙扎地開口。「其實，我跟你一樣，也因為自己的不正常，常常覺得很孤單……直到後來，有一個人讓我明白，其實我們根本不孤單啊！只要活著，就有改變的機會。」

她吸了吸鼻子，強忍住酸意，打起精神對著男孩說：「張宇軒，如果你醒過來，我一定跟你當朋友。」

原本面上表情毫無波動的張宇軒，在她的哽咽中，眼眶越來越濕，最後彷彿潰堤了一般，流下眼淚。

他看向謝雅真堅定的容顏，感覺自己似乎也得到了理解，慢慢進了病房——

「宇軒?!宇軒，你醒了？」

病房內倏然傳來宇軒爸媽驚喜交加的聲音。

「宇軒？你終於醒過來了……護理師、護理師！」宇軒媽媽見到昏迷已久的兒子緩緩張開眼，又激動又喜悅。

看來她的任務完成了。謝雅真安心了，卻又有點心酸。

阿樂走了，張宇軒回來了，一切恢復原樣，雖然，還是有失去了什麼的悵然……

不過，這是真的結束了吧？

她轉身離開病房，伸手抹去臉上的淚。

從病房中奔出來找護理師的宇軒媽媽一見到門外的謝雅真，激動地拉住她直道謝。

「小真！謝謝、謝謝！」

原來，宇軒媽媽笑起來是這副模樣啊？

真好，她終於能讓一個母親重拾笑容了。仙姑這樣也滿好的嘛……

沉浸在思緒中的她，有點失落又有點滿足地走回自己的病房，耳邊忽然聽見一陣熟悉的吵嚷在走廊上響起。

「小真、小真！」這是大珮。

「謝雅真！」這是鳥哥吧？

她一時有點搞不懂為何會在醫院聽到他們的聲音，傻愣愣地回過頭確認。

三宅跟大珮小跑著來到她面前，小龜的手中還拿著一束白色香水百合，一副來探病的樣子。

「生病還跑出來逛大街喔！」逮到機會，鳥哥就擺出學長姿態。

「都不保重自己的身體。」胖達也跟著碎念。

真是的，當病人也逃不過被他們念的命運，但怎麼聽起來這麼窩心啊？

「妳穿這樣好可愛唷～～」大珮拉著她的手稱讚了一番，但回想起湖邊驚魂，不禁也加入碎念行列。「妳以後有什麼事情一定要跟我們說喔……不要自己一個人扛嘛！我們會擔心妳的。」

「對啊！」

「我們都在喔！」三宅附議。

但小龜更想問清楚一件事。「小真，曉彤她昨天發生什麼事啊？」

話落，四人都期待地看著謝雅真，忽然，一道似曾相識的女聲傳入他們的耳裡，循著音源望過去，那不是詹曉彤的媽媽嗎？

「……媽媽等一下就回來喔！」詹母從病房內走出來，邊走邊回頭叮嚀。

她依然是一身俐落的女強人裝扮，但面容不再強勢，而是一個心焦如焚、失而復得的母親。

見到他們，詹母感激地說：「昨天真的很謝謝你們救了曉彤，阿姨回去幫曉彤拿幾件衣服，你們有沒有想吃什麼？阿姨順便帶過來。」說著，她還特地拍了拍謝雅真的肩，表達謝意。「真的很謝謝妳。」

怎麼可能讓詹母招待他們啦？大家紛紛搖頭，客氣婉拒。

「那請你們幫我陪一下曉彤，我馬上回來。」

「當然沒問題！阿姨，Bye Bye！」三宅義不容辭地向詹母道別，嘻嘻哈哈的。

話劇社眾人一起走進病房，一進門，就奔到詹曉彤病床邊，七嘴八舌，關心之情溢於言表。

「曉彤！」

「妳還好嗎？妳身體有沒有好一點啊？」

「還有沒有哪裡不舒服？」

「妳會不會很無聊啊？」

詹曉彤靠在床上，努力向他們擠出笑容，可人還是懨懨的，沒什麼精神的樣子。其實，她並沒有那麼不舒服，只是好自責、好內疚，不知道該如何面對這群總是真誠支持、信任自己的夥伴，畢竟，她說了一個漫天大謊……

「曉彤她還有一點被嚇到啦！」謝雅真主動幫她解釋了下。

大家喔一聲，懂了，開始忙起來。

「曉彤，我們有帶這些東西來送妳，放在這裡。」胖達把手上的紙袋放在床邊桌上。

「有需要什麼幫忙的，跟我們講，我們都可以幫——」

忽然間，一陣急促的腳步從房門口奔進來。

「仙姑、仙姑！有沒有怎麼樣？」阿宏跟阿修永遠活力百倍，探病還很高興，捧著水果送到謝雅真面前。「送妳，水果很好吃喔！」

謝雅真嚇一跳，看到他們身後跟著的人，再度愣住。

金老師和媽媽也來了？

金勝在走進病房，看了看話劇社眾人，覺得好像應該壓抑一下怒氣，不要在小真同學面前對她發火，可是看見小真穿著病人服的模樣，一秒就來氣了。

「不是叫妳不要去玩水嗎?!」聽到醫院通知這囝仔落水昏迷，他又驚又急，不知在媽祖面前燒了多少香。

前陣子才腦震盪，現在又落水，是想把他嚇到心臟病病發喔？這囝仔怎麼那麼讓人操心啦！

謝雅真嚇一跳，沒料到會被罵，心裡一陣委屈。她又不是故意的……

「小聲一點啦！」美枝趕忙制止，拉了拉金勝在。怎麼一開口就先罵啦？

金勝在也意識到自己口氣太衝，放緩了點。「有沒有好一點？」

謝雅真點點頭，不說話。

「那個、那個……什麼時候出院？」看她一臉要哭要哭的樣子，金勝在尷尬了。明明就是很擔心、很關心她，結果還把她罵哭，真的很夭壽。

「不知道……」謝雅真小小聲地答。

這什麼回答？難道是很嚴重？要住很久？金勝在一聽，聲音又大了起來。「什麼不知道?!住院住到不知道什麼時候出院?」

是耳背還是聽不懂中文啊?不是叫他小聲一點嗎?!美枝白了金勝在一眼。

「好啦!那個、那個……」金勝在被看得縮了縮,再下去場面很難收拾了,趕緊講重點。「出院以後,記得、記得……記得回來濟德宮報到啊!」

啊?!謝雅真猛地抬起頭,滿臉不可置信。她有沒有聽錯?金老師說她可以回濟德宮了?她可以繼續做仙姑了?

她一邊消化這個訊息,一邊看向媽媽,媽媽帶著笑容朝她點頭。

媽媽……也同意了?媽媽真的接受她的能力了嗎?

美枝含笑看著女兒,面帶鼓勵。

這下眼淚真的再也忍不住了,謝雅真再次紅了眼眶。

「社長,妳也要記得回來我們話劇社喔!」大珮跟著開口,對她揚了揚眉。

怎麼會這麼好?她帶著眼淚地笑了。

原來,一切恢復原樣,其實也不壞嘛……

原來,她一直在尋找自己的位置、身分與價值。自從失去阿樂之後,她一直試圖說服自己,她能好好生活,能夠假裝一切都沒事,努力忽略心裡的傷。

直到阿樂的靈魂出現,打破了她偽裝的堅強,讓她陷入了更迷惘、更不安也更質疑自己的困境。

她不想理解來濟德宮問明牌的信徒，甚至瞧不起；對於有求於神明，卻只在乎靈不靈驗，或是來尋她問事，但只要答案不滿意便指責她的信徒，更懷抱著怒氣。

她一直努力想像金老師說的那樣理解人心，也有所領悟，但她仍舊忽略了一件事——她縱然是個帶天命的仙姑，終究只是個凡人，會有軟弱、自私及任性的一面，做仙姑的並不比其他凡人更超脫、更厲害。

原來，看見並接納自己的脆弱與渺小，才會明白自己的使命與價值是什麼。

這是一段她與阿樂的共同旅程，雖然結束了，卻也給了她往前走的力量。

「耶～～仙姑回來辦事了！」

「濟德、濟德、濟德宮！」

阿宏與阿修一聽謝雅真能回濟德宮了，興奮地在病房裡又跳又叫，扭腰擺臀，跳舞歡呼，讓病房裡所有人同時噗哧笑出聲來。

真好，她還顧著身邊擁有的一切，胸口暖洋洋的。

這樣的日常，真好。

尾聲

晨光悄悄地探出山頭，灑落城市，又是新的一天開始。

筆、梳子……還有什麼沒帶？謝雅真坐在書桌前收拾書包，準備出門上學，窗邊忽然飄來一串輕揚的叮鈴聲響。

風鈴無風搖晃，牽動了那張有些褪了色的紙片，「早安！仙姑加油～」幾個字映入她的眼中，彷彿是阿樂在跟她道早安。

其實，這也是一種陪伴吧？

她揚起笑容，轉頭檢查自己有沒有漏了什麼東西，圓圓的眼睛掃過桌上的化妝鏡時，驀地與鏡中的自己對上視線。

鏡中的女孩不再蹙著眉，好像終於放下了什麼，神情柔和。雖然還有一些疑惑，一些不確定，但總算有了勇氣去繼續接下來的生活。

於是她給了鏡子裡的女孩一個鼓勵的笑容。

跨上單車，她一路騎向學校。經過那個熟悉的涵洞時，她煞住車，停了下來，定定地看著深幽卻透著光亮的另一端。

十七歲的一開始，她時常想，如果可以重來，她還會做一樣的選擇嗎？

而現在的她，雖然仍不知道接下來會發生什麼，但她知道，不管遇到任何事，只要願意面對，事情就會有變好的可能。

她嘴角一揚，踩下踏板，勇敢地穿過這個滿是回憶的涵洞，迎向光亮。

「歡迎歡迎！話劇社招生宣傳影片發表會即將開始！請大家儘速就坐喔！」

「歡迎！這邊！一人一張，話劇社招生宣傳影片，裡面坐！」

許多學生陸陸續續走入學校播映室，話劇社眾人使出渾身解數，在走廊上吆喝著吸引路過的同學。

謝雅真在台前擺好了招生宣傳影片的海報，滿意地確認位置與角度。

鳥哥滿意地走過來。「社長，我覺得我們差不多可以開始了。」

「小真，妳看這麼多人來放映會，如果他們都加入的話，我們就不會倒社了！」胖達更開心。話劇社可以解除危機了！

「而且如果多了人手的話，我們還可以再多拍一支片耶！」大珮興奮不已。

「那我要拍復仇者聯盟！」

「我要當男主角！」

三宅又是一陣七嘴八舌、互不相讓，惹得謝雅真失笑。

時間快到了，她只得制止他們越來越離譜的幻想。「好了、好了，我們差不多可以準備了啦。」

這時，一個膽怯的聲音插入熱鬧的話劇社眾人之間。

「請問，我也可以加一嗎？」詹曉彤仍有些畏縮，似乎不確定自己該不該出現。

「當然可以啊！」謝雅真揚起開朗的笑容，將她拉進來。

大珮跟三宅立刻簇擁上前。「幫妳安排好位子了，VIP！」

謝雅真跟著走進播映室，看著他們嬉鬧著走到座位上。大家還是跟之前一樣，那麼直接、善良……真好。

原來有些事情是真的不會變的。

「不好意思——」

她回過頭。播映室的門口出現一道有些單薄的身影，前些日子總是挺直著背脊的高䠷男孩，這時卻略顯畏縮，步伐猶疑，雙手以一種不安而僵硬的方式垂在身側。

這就是張宇軒嗎？真正的張宇軒。

他不敢直視她，慌忙垂下視線，朝她遞出一張摺好的信紙。

「妳的朋友，請我交給妳的。」

我的朋友？謝雅真雖然有點疑惑，但還是接過了信。

張宇軒看著她收下信，有很多話想說，卻又不知要怎麼說，最後只能化為——

「謝謝。」

他忽然對謝雅真鞠了一個躬，很慎重、很認真。「謝謝你們。」說完，他就要轉身走出播映室。

謝雅真被他的致謝嚇了一跳，隨即也意識到他真的是張宇軒，不再是阿樂了。

他的神情、氣質、語氣，甚至走路的姿勢都完全不一樣了。

但是……

「張宇軒！」她喊住男孩。「留下來一起看影片嘛！」

那天她答應過他的，如果他回來了，她一定會跟他做朋友。

但是張宇軒似乎不能確定她喊的是自己，遲疑了一下才回頭。

光線幽暗的播映室內，女孩的眼睛燦燦發亮，朝他露出了溫暖親切的笑容。

三宅衝過去，一把將杵在門口的張宇軒拉進來。

「學弟！趕快啦！你也太晚來了吧！」

「就差你一個，快點！你坐那邊。」

「各位同學，放映會快要開始囉！」

燈光熄了，在一片漆黑中，投影銀幕上出現了這段時間以來，話劇社齊心協力完成的作品。

鳥哥和大珮在校園裡談天，鳥哥偷偷想攬大珮的肩，卻不小心牽到第三人的手。

中邪的她與中邪的張宇軒，四肢僵硬、翻著白眼。
胖達與小龜飾演的鬼戴著誇張無比的假髮，臉上塗著紅通通的血漿。
驅魔少女詹曉彤甩開披風，華麗擊退鬼魅。
畫面更迭，閃動切換，勾起現場無數笑聲，也勾起這些日子以來的點滴回憶。
謝雅真低頭打開手中信紙，細細撫著上頭的字跡。
在投影機透出的微弱光芒中，男孩的字躍入視線，倏地刺痛了她的眼。

「不用擔心你的身體，我已經練好了，大膽去做自己想做的事吧！介紹一個超酷的人給你，她叫謝雅真，她會用她的方式幫助你。對了，請幫我告訴謝雅真這句話，守則五：相信自己的超能力。」

她手裡緊緊握著字條，忍不住又哭又笑。
原來……想起那個男孩，還是會想哭，還是會想念，眼淚還是忍不住要流下來，心裡還是會又酸又疼。
但是，現在的她不再只會哭，也不再只會假裝一切如常。
她懂得正視自己的失去，也學會接受自己的悲傷與軟弱。
她還是謝雅真，卻又不是原本的謝雅真，因為失去的就是失去了，而該放下的也放下了。

現在的她，即使哭了，也會擦乾臉上的淚，對自己微笑。

這一晚的濟德宮前，依舊人來人往。

謝雅真走向大門，腳步越來越慢，最後停在宮廟前的跑馬燈下，抬頭審視著上方五顏六色的文字。

嗯哼……

「仙姑，這個 slogan 不錯齁！」阿修湊過來，一臉得意。

「仙姑救仙姑，信徒突破一千人次。」阿宏也過來錦上添花。

「這 slogan 不知道誰設計的，很有藝術的感覺。」金勝在忍不住自賣自誇一番。

天啊，好難保持正經表情，她快要笑出來了啦！

阿修鼓起勇氣提出要求。「金老師，這業績達標又突破，還衝破耶！」他邊說邊試探，手上還比劃了起來。「老師是不是要……表示一下，加、加薪啦！」

「好！下一個月開始，一個人加薪15％。」金勝在出乎意料地爽快答應。

蝦米？老師這次怎麼這麼乾脆？

阿宏、阿修立刻歡呼大喊：「耶！15％！」

「沒有啦，說太快，十五塊！」金勝在擺擺手，但語氣中也是掩飾不住的笑意。

「好，趕快準備，要開始了。」

「老師，十五塊也好意思說！阿宏和阿修不幹了，繼續追著金勝在要求加薪。

「老師，十五塊能幹麼？你跟我說——」

謝雅真忍不住噗哧笑了，心裡卻暖暖的。

她是仙姑，能協助亡者、撫慰生者，同時，她也是個凡人，有內心的渴望要面對，以及自己的難關要過。

一直以為所謂的超能力，只是幫助別人的某種工具，沒想到，它也給了她第二次機會，好好面對自己的生活。

「仙姑！準備開始囉！」

她是謝雅真，這就是她十七歲的日常。

「仙姑強勢回歸」

夜色中，跑馬燈上的彩色標語不斷閃動。

全書完

國家圖書館出版品預行編目資料

通靈少女 影劇小說2：十七歲的領悟／HBO Asia、IFA Media 著
– 初版. -- 臺北市：三采文化，2019.11
面： 公分. --
ISBN：978-957-658-244-8（平裝）
1. 大眾文學 2. 影劇小說 3. 小說

863.57 108015084

suncolor 三采文化集團

iREAD 117

通靈少女影劇小說 2

作者｜HBO Asia、IFA Media 文字協力｜宋亞樹
責任編輯｜戴傳欣
美術主編｜藍秀婷 封面設計｜池婉珊
內頁排版｜陳佩君 校對｜黃薇霓
行銷經理｜張育珊 行銷企劃｜陳穎姿

發行人｜張輝明 總編輯｜曾雅青 發行所｜三采文化股份有限公司
地址｜台北市內湖區瑞光路 513 巷 33 號 8 樓
傳訊｜TEL:8797-1234 FAX:8797-1688 網址｜www.suncolor.com.tw
郵政劃撥｜帳號：14319060 戶名：三采文化股份有限公司
本版發行｜2019 年 11 月 22 日 定價｜NT$340

suncolor